LES MORTS VIVANTS.

Tragicomedie

DV SIEVR D'OVVILLE.

A PARIS,

Chez CARDIN BESONGNE, au Palais, au haut de
la montée de la saincte Chappelle, aux Rosés
Vermeilles.

M. DC. XXXXVI.

AVEC PRIVILEGE DV ROY.

A MONSEIGNEVR

L'ARCHEVESQVE

DE ROÜEN,

PRIMAT DE NORMANDIE.

ONSEIGNEVR,

Si cet Ouvrage Comique qui n'a pas esté
desagreable aux grands de la Cour, pou-

uoit encore eſtre aſſez heureux pour ne pas
déplaire à celuy qui la mépriſe ; s'il eſtoit
poſſible que ce grand eſprit tout ſage &
tout ſerieux qui remplit toute la terre des
merueilles de ſa doctrine, ſe vouluſt délaſ-
ſer de ſes penibles trauaux ſur vne lecture
ſi baſſe & ſi peu proportionnée à la gran-
deur de ſes idées, Ie m'aſſeure, M O N-
S E I G N E V R, que ce petit Liure qui
n'oſe aſpirer à vne ſi haute protection que
la voſtre, la recevroit toutefois par vn pur
caprice du deſtin, & que ceux qui admire-
roient ſa bonne fortune, pourroient, pour
payer en quelque ſorte voſtre bonté, faire
quelque petite reflexion ſur le titre à voſtre
aduantage. Car, M O N S E I G N E V R, ſi
on vous conſidere renfermé dans voſtre Par-
naſſe de Gaillon comme vn homme mort
aux grandeurs paſſageres de la Cour ; mort
aux pompes de ce ſiecle ; mort aux vanitez
du monde ; mais par vos celebres & pieu-
ſes actions, par voſtre conduite admirable,
& par vos écrits immortels, viuant dans

EPISTRE.

l'éclat, & dans la gloire, où doiuent aspirer les vrais Prélats, ne semblez-vous pas estre vn de ces Morts viuants que ie décris, & comme le sens mystique de la fable que ie vous presente ? Oüy certainement, MONSEIGNEVR, on vous peut nommer ainsi ; & sur cette verité ie m'enhardis d'emprunter vostre nom illustre pour annoblir mon Ouvrage, & pour le rendre plus digne du grand iour où ie le produis. Il s'égareroit sans ce grand guide, & pourroit tomber sans cet appuy ; que dis-je, il pourroit tomber, il s'aneantiroit sans doute en se produisant ; il mourroit aussi-tost que l'on s'appercevroit qu'il voudroit naistre ; son mauuais sort luy feroit changer de titre en vn instant, & au lieu d'estre le Mort viuant, on le nommeroit infailliblement le viuant Mort. Souffrez donc, MONSEIGNEVR, qu'il subsiste par vne protection si puissante, quoy que de soy-mesme il soit peu de chose, il ne peut mourir tant que vostre

nom glorieux le fera viure, & que vous
me permettrez de me dire,

MONSEIGNEVR,

Voſtre tres-humble & tres-
obeiſſant feruiteur,

D'OVVILLE.

Extraict du Priuilege du Roy.

PAR grace & Priuilege du Roy, donné à Paris le dernier iour de Mars 1646. Signé, Par le Roy en son Conseil, RE-NOVARD. Il est permis à CARDIN BESONGNE Marchand Libraire à Paris, d'imprimer ou faire imprimer, vendre & distribuer vne piece de Theatre, intitulée, Les Morts viuants, par le sieur d'Ouuille, durant le temps de cinq ans, à compter du iour qu'il sera acheué d'imprimer. Et defenses sont faites à tous Imprimeurs, Libraires, & autres, de contrefaire ledit Liure, ny en exposer en vente d'autres que de l'impression dudit Besongne, à peine de quinze cens liures d'amende, & de tous despens, dommages & interests, ainsi qu'il est plus amplement porté par lesdites Lettres qui sont en vertu dudit Extraict tenues pour bien & deuëment signifiées, à ce qu'aucun n'en pretende cause d'ignorance.

Acheué d'imprimer le 18. May 1646.

Les Exemplaires ont esté fournis à la Bibliotheque du Roy.

NOMS DES ACTEVRS.

ADRASTE, Gentilhomme Anconitain, amy de Lucidor.

FILANDRE, Neapolitain, Charlatan, autrement Salt'in-
banque.

LEANDRE, Gentilhomme Neapolitain, amoureux de
Crisante.

FABRICE, seruiteur de Leandre.

PALMERIN, Maistre d'Hostel de Crisante.

CRISANTE, Dame Neapolitaine, femme de Tersandre,
& amoureuse de Lucidor.

ELIZE, femme de Palmerin, suiuante de Crisante.

LVCIDOR, Gentilhomme Venitien, amoureux de
Florante.

FLORANTE, sous le nom de Dorise, esclaue de Crisante, &
Maistresse de Lucidor, reputée morte.

TERSANDRE, mary de Crisante, reputé mort.

PAMPHILE, iardinier de Crisante.

IANCOLE, Salernitain.

ARISTE, valet de Lucidor.

La Scene est à Naples.

LES

LES MORTS VIVANTS.

Tragicomedie.

ACTE I.

SCENE PREMIERE.

ADRASTE, FILANDRE.

ADRASTE.

VY, mais veux tu tenter vne chose impos-
sible ?
Ce que tu dis est vray, ie sçay qu'il est sensible
De quitter ton pays pour fuyr vn estranger,
Mais songe aux grands malheurs où tu vas t'engager,
Lucidor te declare vne mortelle guerre,
Il a iuré ta perte, & le Ciel & la terre

A

Armez en ta faueur ne te sauueroient pas.
Tasche donc d'éuiter la fureur de son bras ;
Il te cherche par tout. Ah ! Filandre ie tremble
Dans la crainte que i'ay qu'il ne nous trouue ensemble.
C'est pourquoy pour t'oster de peine & de soucy
Pour quelque peu de temps absente toy d'icy,
Que peux-tu contre luy ? tu sçais bien que Crisante
Qui l'estime, & qui l'ayme est ici tres-puissante :
Esloigne toy de luy ; cependant ie promets
De te remettre en grace, & de faire ta paix.
I'y feray mes efforts, & croy s'il est possible,
Que ie surmonteray ce courage inflexible,
Ouy, pour l'amour de moy ie croy qu'il oubliera
La plus lasche action que iamais on fera.
Tu ne t'en peux lauer, quoy que tu puisses dire.

FILANDRE.

De semblables discours m'exciteroient à rire,
Si vous n'estiez tous deux de mes meilleurs amis.
Mais parlons franchement, quel crime ay-je commis ?
Ah ! vrayment i'esperois vne autre recompense.

ADRASTE.

Comment Filandre ? auoir encor cette asseurance !
Quelque adroit que tu sois, que peux-tu repartir ?
Mes yeux ont veu sa mort, les veux-tu dementir ?

FILANDRE.

Je ne sçaurois souffrir qu'à ce poinct on m'affronte,
Adraste, c'est assez.

ADRASTE.

Quoy? tu n'as point de honte?

FILANDRE.

Dequoy m'accusez-vous?

ADRASTE.

Ie veux sans m'alterer
T'en dire la raison que tu feins d'ignorer,
Pour monstrer comme il doit abhorrer ta memoire,
Ie veux de ses Amours te raconter l'histoire,
Qui sans doute est estrange, & qui t'estonnera.

FILANDRE.

I'escouteray, parlez autant qu'il vous plaira.

ADRASTE.

Sçache que Lucidor print naissance à Venize,
Mais dans Alexandrie il perdit sa franchise.
Florante fut le nom de cet obiet vainqueur,
Qui d'vn trait de ses yeux lui déroba le cœur.
Deux yeux n'eurent iamais tãt d'attraits ni de charmes,
Aussi iamais deux yeux n'ont versé tant de larmes

Que i'en ay veu reſpandre à ce parfait Amant,
Quoy qu'il fuſt adoré de cet objet charmant,
Pour eſtre hors d'eſpoir qu'vn heureux hymenée,
Deuſt comme ils ſouhaitoient ioindre leur deſtinée,
Vn malheur s'oppoſant à leur ſouuerain bien,
Florante eſtant Payenne , & Lucidor Chreſtien.

FILANDRE.

Si l'Amour de Florante eſtoit comme la ſienne,
Pourquoy repugnoit-elle à ſe faire Chreſtienne ?

ADRASTE.

Elle le ſatisfiſt auſſi-toſt ſur ce poinct.

FILANDRE.

Qui les empeſchoit donc?

ADRASTE.

Ah! ne m'interromps point.
Lucidor eſpouſant cette ieune eſtrangere,
Il falloit l'enleuer au deceu de ſon pere,
Qui cent fois euſt perdu la lumiere du iour
Plutoſt que de vouloir approuuer cet Amour.
Leur deſſein donc eſtoit d'attendre que la parque
Euſt mis ce bon vieillard dans l'infernale barque,
Si le malheur, jaloux de leurs contentemens
N'euſt ſi toſt ſeparé ce beau couple d'Amans.

Entre les Turcs & nous la guerre declarée
Nous força de quitter cette aimable contrée
D'où l'on nous commanda de sortir dans trois iours.
Ce pauure Amant contraint de quitter ses Amours,
Voulant plutost mourir que laisser cette belle,
S'en vint la larme à l'œil m'en conter la nouuelle,
Et les ardans transports d'vne telle amitié
M'arracherent aussi des larmes de pitié.
Dans cette extremité ce pauure Amant me prie,
Me conjure d'vser d'vne prompte industrie,
Et que par mon moyen en ce malheureux poinct
Deux si parfaits Amants ne s'esloignassent point.
Estant dans ce païs aussi pour mes affaires,
Et Lucidor & moy nous aimants comme freres,
La pitié que i'en eu me toucha tellement
Que ie m'interessé dans son ressentiment.
Mon aduis donc fut tel, qu'il falloit par adresse
Emmener auec nous cette belle maistresse,
Et la faire resoudre à quitter ses parens,
Et se faire enleuer par quelqu'vn de nos gens,
Qui nous viendroit trouuer proche de la marine.
A quoy se disposa cette beauté diuine,
Croyant que telle fust la volonté des Cieux.
Et ce fut moy qui fit ce larcin precieux,
Et qui la fis resoudre à ce triste voyage,
Sans que pas vn des siens en receust de l'ombrage.

A iij

FILANDRE.

Mais comment peustes-vous si bien l'executer?

ADRASTE.

Ce discours est trop long pour te le raconter.
Il suffit seulement qu'on fit accroire au pere
Qu'estant prés de la mer vn insigne corsaire
Ayant fait son butin d'vne telle beauté,
L'emmenoit glorieux deuers la Chrestienté.
Estans tous embarquez les plus contens du monde
Nous fusmes le joüet & des vents, & de l'onde ;
Car d'abord il sembla que tous les Elemens
Se vouloient opposer à nos contentements.
Il fallut aborder, car les vents & l'orage
Menaçoient nostre nef d'vn euident nauffrage :
Mais il eust mieux valu que nostre mauuais sort
Nous eust fait rencontrer les enfers que le port.
Ce fut dedans ce port où nous te rencontrasmes,
Auec des gens de sang, fiers, barbares, infames,
Qui vindrent contre nous de fureur animez,
Quoy que nous fussions peu, foibles & desarmez,
Et iettant aussi tost les yeux dessus Florante,
Ils voulurent auoir cette ieune innocente,
Pour estre en sacrifice offerte à leurs Demons,
(l'appelle ainsi leurs Dieux) lors nous nous animons,
Voulants pour resister à cette violence
Perdre d'vn cœur égal la vie en sa defense.

Mais apres auoir fait vn genereux effort,
Il nous fallut ceder à la fin au plus fort:
Lucidor fans mourir abandonna fon Ame,
Il la perdit fi toft qu'il eut perdu fa Dame,
Et fon corps à prefent ne fe fent animé
Que du reffouuenir de cet obiet aymé.
Eftans tous tranfportez d'vn excez de côlere,
Pleurans amerement vne perte fi chere,
Tu vins vers Lucidor que tu cognus foudain,
Et l'ayant falüé tu le pris par la main
Ie croy qu'il t'en fouuient, & tu luy fis promeffe
De luy faire bien-toft recouurer fa maiftreffe
Tu dis qu'il t'attendift, que dans le mefme iour
Tu luy ramenerois l'obiet de fon Amour.
Me le peux-tu nier?

FILANDRE.

Non, acheuez le refte.

ADRASTE.

Que i'acheue, grands Dieux, cet accident funefte,
Ne rougiras-tu point, cruel de m'efcouter
Quand ie n'ay pas le cœur de te le raconter?

FILANDRE.

Laiffons-là ce difcours, acheuez ie vous prie.

ADRASTE.

Voyez qu'il est constant dans son effronterie,
Bien donc i'en suis content. Lors que tu nous quittas,
Nous fusmes apres toy, nous suiuismes tes pas.
Tant pour suiure de l'œil cette chere maistresse,
Que pour voir quels effects viendroient de ta promesse.
Nous pouuions aisement tout voir sans estre veus;
Au milieu de leur troupe à l'instant tu parus,
Le couteau dans la main d'vne mine effrontee,
Tenant derriere toy Florante garrotée,
Tu la mis sur l'Autel, & sans aucun remords
Tu fis incontinent despoüiller ce beau corps,
Dont l'extréme blancheur esbloüissoit la veuë,
Et plongeant ton cousteau dedans sa gorge nuë,
Tu lui fendis le sein, & produits à nos yeux
Le cœur & le poulmon de ce corps precieux,
Tu les mis sur l'Autel pour les reduire en cendre,
Et comme elles brusloient, tu commandas de prendre
Ce beau corps, qui tout mort pouuoit encor charmer,
Disant que tout à l'heure on le iettast en mer.
A-t'on iamais parlé de cruautez pareilles?
I'en ay de bons tesmoins, mes yeux & mes oreilles,
Les dementiras-tu?

FILANDRE.

    I'en demeure d'accord:
C'est donc là le sujet qui doit causer ma mort?

Il est

Il est certain Adraste, & ie vous le confesse ;
Mais Lucidor & vous manquastes de promesse.
Et moy ie vous la tins comme vous entendrez.

ADRASTE.

Filandre, resues-tu ?

FILANDRE.

Non, vous me l'auoüerez,
Achenez de conter le reste de l'histoire.

ADRASTE.

Tu feras vn grand coup, si tu nous le fais croire.
Le pauure Lucidor ayant veu de ses yeux
Traiter si laschement ce miracle des Cieux,
Tomba dedans mes bras comme mort, ie le tire
Tout pasme qu'il estoit dedans nostre nauire,
Enfin nous demarons de ce funeste port,
Pleignants de Lucidor le deplorable sort.
Les sanglots violents qui sortoient de sa bouche
Eussent tiré des pleurs du cœur le plus farouche.
A peine fusmes nous entrez en pleine mer
Que nous vismes de loing les costes escumer,
Les Dauphins hors de l'eau nous presenter la teste,
Signes trop euidents d'vne proche tempeste.
Nos plus hardis nochers en fremirent d'horreur ;
L'vnique Lucidor se mocqua de la peur,

Il gardoit à regret la moitié de la vie,
Puis que la parque auoit l'autre moitié rauie.
Qui luy parloit de viure excitoit son courroux,
Et luy seul desiroit ce que nous craignions tous.
Il creut, & comme luy ie veux aussi le croire,
Que Iupiter jaloux que Neptune eust la gloire
De posseder luy seul ce corps si precieux
Desira qu'il seruist d'ornement dans les Cieux;
Et que le Dieu des eaux se mit lors en colere,
Et voulut resister au dessein de son frere.
Car les flots orgueilleux de ce fier element
Sembloient vouloir monter iusques au Firmament;
Et le Ciel pour punir l'insolence de l'onde
Sembloit les repousser iusqu'au centre du monde.
Apres que nostre nef eut esté quelque temps
Le but de la Fortune, & le iouet des Vents,
Nous descouurons de loing les costes d'Antioche,
Nous vinsmes aborder prez d'vne grande roche,
Où la nef se brisant d'vn furieux effort
Nous mit presqu'au hazard de perir dans le port.
Où nous sauuants à nage, vne ieune estrangere
Fut esmeuë à pitié de voir nostre misere,
Ayant appris nos noms & veu nostre malheur
Elle nous prit chez elle, & nous combla d'honneur.
Cette Dame en effet fut la belle Crisante,
Où nous sommes logez, que la mesme tourmente
Auoit fait comme nous aborder en ce port,
Et fait mesme courir vn pire ou pareil sort.

Encore fon malheur fut plus grand que le noftre,
Car fon mary fautant d'vn nauire en vn autre,
Au lieu de rencontrer ce defiré vaiffeau,
Fut miferablement enfeuely dans l'eau.

FILANDRE.

Terfandre donc eft mort, ô Dieux! quelle nouuelle?

ADRASTE.

Crifante cependant qui nous tenoit chez elle
S'eftant fait raconter plus de cent fois le iour
Le tragique fuccez de ce funefte Amour;
Des yeux de ce vainqueur elle fe vid efprife,
Faifant en mefme temps perte de fa franchife.
Quoy que ce fuft des deux, l'Amour ou la pitié
Luy firent conceuoir vne telle amitié
Pour cet hofte nouueau, qu'eftant toute de flame
Elle le coniura de l'accepter pour femme.

FILANDRE.

Florante eft oubliée.

ADRASTE.

              Ah! tu te trompes fort;
Lucidor mille fois euft enduré la mort
Pluftoft que de commettre vne action femblable,
Et iamais rien de vray n'approcha de la fable

Tant que fait cette histoire, luy qui ny nuict ny iour
Ne pouuoit s'esloigner de sa premiere Amour.
Dit que pour l'heure estant sous la charge d'vn pere
Il ne pouuoit sans luy terminer cette affaire;
Qu'aumoins il le falloit consulter là dessus.
Crisante ne tint point ce discours pour refus,
Estimant qu'estant belle, & riche à l'aduantage
Son pere approuueroit bien tost leur mariage.
Mais Ariste enuoyé, de retour dans le port
Apprint à Lucidor que son pere estoit mort.
Crisante à ce discours deuenant plus hardie
Presse fort Lucidor; Mais luy, quoy qu'elle die,
Et qu'il doiue beaucoup à sa ciuilité,
Ne pouuoit oublier sa premiere beauté.
Crisante le voyant dans cette inquietude,
L'accuse, & le conuainc de trop d'ingratitude.
Luy par force quasi, luy promet d'accepter
L'offre qu'elle luy fait, de peur de l'irriter.
Ils font voile à l'instant à cause qu'il la prie,
D'attendre leur retour en leur chere Patrie.
Cependant on renuoye Ariste promptement
Deuers Alexandrie, auec commandement
D'arrester aussi-tost les comptes de son pere,
Et de faire de tout vn fidelle inuentaire.
Estans desia bien loin entrez en pleine mer,
Et Crisante sentant ses desirs s'allumer,
S'en vint vers Lucidor, le prie & le coniure
D'alleger la douleur des tourmens qu'elle endure

Qu'elle le puiſſe à l'heure appeller ſon eſpoux.
Mais il luy reſpondoit; Comment ſouffrirez-vous
Qu'vne vnion ſi ſaincte, & ſi ſtable, & ſi belle,
Ait ſon commencement ſur cette onde infidelle,
Sur cette onde qui ſert de funeſte tombeau
A ce que le Soleil vid iamais de plus beau?
A ma chere Florante. Et que ſçait-on, Madame,
Si deſſous ce vaiſſeau, ſi ſous cette onde infame,
Où vous me deſtinez vn paſſe-temps ſi doux,
Ne giſt point ma maiſtreſſe, & meſme voſtre eſpoux?
Criſante ſe voyant par ces raiſons vaincuë,
Se taiſt, mais ne perd pas d'vn ſeul moment ſa veuë;
Elle ſuit Lucidor, qui ne peut toutefois
Ranger ſa liberté ſous de nouuelles loix.
Ainſi depuis huict iours ſans perte & ſans nauffrage,
Nous ſommes abordez en cet heureux riuage,
A Naples ſa patrie, ou ſans plus s'excuſer
Lucidor ſe reſout par force à l'eſpouſer.
Et ce ſoir s'accomplit cet heureux hymenée,
Leur trame par toy ſeul peut eſtre ruinee,
Lucidor y conſent, mais quand il te verra
Sa douleur à l'inſtant ſe renouuellera,
Il verra de nouueau ſa Florante égorgee,
Et voudra que ſa mort ſur l'heure ſoit vengee.
N'en doute nullement, Filandre, c'eſt pourquoy
Fay ce que ie te dy, de grace eſloigne toy,
Conſerue toy la vie, eſuite ſa colere.

FILANDRE.

Non, Adraste, il n'est rien qui m'oblige à le faire ,
Et ie suis sans mentir, aussi content que vous ,
Que Crisante ait fait choix d'vn si parfait espoux.
Pour moy ie ne crains rien, car sçachez que Florante
Sans Lucidor & vous seroit encor viuante.
Et vous estes vous deux la cause de sa mort
Pour ne nous auoir pas attendus dans le port.

ADRASTE.

Iustes Dieux! que dis-tu ? seroit-il bien possible ?

FILANDRE.

N'en doutez nullement, la chose est infaillible.
Elle ne mourut point à l'heure par mes mains
Comme il vous le sembla , mais par des inhumains ,
Qui peu de temps apres la priuerent de vie.
Venez chez moy, ie veux contenter vostre enuie,
Vous sçaurez le surplus, ie vous conteray tout,
Et l'adresse que i'eus pour en venir à bout.

ADRASTE.

Acheue, conte moy sa perte deplorable,
Ne me fais plus languir, si tu n'és point coupable,
Ne crains point Lucidor, laisse m'en le soucy.

FILANDRE.

Non, i'apperçoy Leandre, esloignons-nous d'icy,
Nous auons autrefois eu quelque prise ensemble.

SCENE II.

LEANDRE, FABRICE.

LEANDRE.

L'Eusses-tu iamais creu, Fabrice, que t'en semble?
Est-il homme icy bas plus malheureux que moy?

FABRICE.

Vous dites vray, Monsieur; & certes ie cognoy
Que tout homme a grand tort, & merite du blasme,
De fonder son bonheur sur l'esprit d'vne femme.
Crisante en verité fait de vous peu de cas.

LEANDRE.

Ie ne la puis haïr, car elle a trop d'appas.
N'as-tu pas fait assez au mespris de Leandre,
Ingrate, d'auoir pris l'impertinent Tersandre
Pour estre ton espoux, sans qu'il te faille encor
A ma race, à mon sang preferer Lucidor?

Lucidor racheté de la fureur de l'onde.
Fabrice ie ferois le plus lasche du monde
Si ie pouuois souffrir qu'vn si sensible affront
Imprimast derechef la honte sur mon front.
Il verra ce que peut vne iuste colere.

FABRICE.

Vous vous perdrés, Monsieur, & que pensez-vous faire?

LEANDRE.

Ah! si Tersandre est mort, c'est pour auoir esté
Indigne de iouyr d'vne telle beauté.
On me dispute en vain vne place vsurpée,
Ie ne le puis souffrir; il faut que cette espée
Fasse voir sur le champ à ce nouueau vainqueur
Qu'elle peut arracher Crisante de son cœur.

FABRICE.

Faisons plus seurement, ayons recours aux ruses.

LEANDRE.

Nous n'y gagnerons rien, Fabrice, tu t'abuses,
Ils doiuent dés ce soir contenter leurs plaisirs,
Et donner aussi-tost la mort à mes desirs.

FABRICE.

Laissez-m'en le soucy, ie veux par mon adresse
Vous faire posseder cette belle Maistresse;

Rompre

Rompre leur mariage, & par vn coup fatal
Bannir de ſa maiſon cet importun riual.

LEANDRE.

I'ay ſuiet d'eſperer, ſi tu veux l'entreprendre.

FABRICE.

Ie ſeray toſt chez vous, allez-y donc m'attendre.

LEANDRE.

Si tu peux me tenir ce que tu me promets
Diſpoſe de mon bien, & de moy pour iamais.

SCENE III.

FABRICE, PALMERIN.

FABRICE.

MAis trouuons Palmerin, car il pourra peut-eſtre
Me dõner quelque aduis fort vtile à mon Maiſtre.
Le voici Palmerin. Ie m'en allois chez toy.

PALMERIN.

Tu ſois le bien venu, que pretends-tu de moy?

FABRICE.

Amy, tu ſçais aſſez ce que ie puis pretendre,
Tu ne cognois que trop les Amours de Leandre:
Il meurt pour ta Maiſtreſſe, & tu n'ignores point
Que c'eſt toy ſeul qui peux l'aſſiſter en ce point.
En toy ſeul giſt auſſi toute ſon eſperance,
Donne luy ſi tu peux, amy, quelque allegeance.

PALMERIN.

Fabrice, il eſt trop tard, i'ay fait ce que i'ay peu
Pour l'amour de ton Maiſtre, & meſme il l'a bien ſceu.
Mais que puis-je à preſent, parle, pourtant, propoſe.

FABRICE.

Ie veux auparauant m'eſclaircir d'une choſe,
Ie ne le puis ſans toy, dy moy la verité;
Mon Maiſtre fait eſtat de ta fidelité.
On dit que Lucidor eſtant prez de Criſante
Eſt tout paſle & confus, d'une humeur languiſſante,
Triſte, morne, chagrin, & reduit à tel point
Que chacun en effeEt croid qu'il ne l'ayme point.
Mais moy ie n'en croy rien, car il n'eſt pas poſſible
Qu'auprez d'un tel objet il demeure inſenſible:
Par ta foy qu'en crois-tu? dy moy ton ſentiment,
Nous ſommes ici ſeuls, parle moy franchement.

PALMERIN.

Oüy Fabrice, il eſt vray, ie te iure & proteſte
Que ſon aduerſion à tous eſt manifeſte.
Pour moy i'en crois encor plus qu'on ne m'en a dit,
Elle la meſme eſté chercher iuſqu'en ſon lict.
Mais luy plus immobile & plus froid qu'vne ſouche,
N'a pas pris ſeulement vn baiſer de ſa bouche,
Tant il eſt affligé, deffait, paſle & confus,
Pour certaine beauté qu'on dit qui ne vid plus.
Auiourd'huy toutefois il a donné promeſſe,
A regret, que ie croy, d'eſpouſer ma Maiſtreſſe.
Et ie ne penſe point que ton Maiſtre ait ſujet
De pretendre plus rien à ce charmant objet.
l'en ſuis marry pourtant, car i'en auois enuie.

FABRICE.

Tu m'as tout conſolé, tu m'as donné la vie,
Car i'apprehendois fort veu tant de priuauté
Que Criſante euſt fait breche à ſa pudicité.
Contentons cet Amant, rompons ce Mariage.

PALMERIN.

La force manquera plutoſt que le courage.

FABRICE.

Ne deſeſperons rien, ſois vn peu diligent,
La reſolution, le courage & l'argent

C ij

Rendent le plus souuent l'impossible possible.

PALMERIN.

C'est le dernier des trois qui m'est le plus sensible.
Adieu, Crisante vient, retire toy d'icy.

FABRICE.

Nous en viendrons à bout, laisse-m'en le soucy.

SCENE IV.

CRISANTE, ELIZE.

CRISANTE.

VOus estes, que ie croy, par moy-mesme informée
De quel feu violent mon ame est consommée,
Par les charmants attraits de ce noble vainqueur.

ELIZE.

Madame, il vous a pleu me faire cet honneur.

CRISANTE.

Et vous auez aussi dans mon inquietude,
Remarqué les effets de son ingratitude,

Que ie ne sçaurois pas appeller autrement.

E L I Z E.

Il est certain, Madame, & ie ne sçay comment
Vous perdez tant de vœux apres ce lasche amant,
Estant & belle, & ieune, & riche à l'aduantage,
Il fait trop peu d'estat d'vn si parfait visage.
Vous en meriteriez vn plus zelé que luy.

C R I S A N T E.

I'ay tant fait toutefois qu'il m'espouse auiourd'huy,
Auant que d'accomplir cet heureux hymenée
Ie veux que du jardin où vous m'auez menée
On fasse ici venir cet obiet precieux,
Ie desire la voir pour contenter mes yeux,
Cette gentille esclaue ; Ah! Dieux, quoy qu'elle face,
Elize, elle le fait auecque tant de grace,
Que pour trois fois autant comme elle m'a cousté
Ie ne voudrois pas perdre vne telle beauté.

E L I Z E.

Cette esclaue est de Trace, où la science noire
S'exerce en vn haut poinct ; & pour moy ie veux croire
Qu'elle pourra flechir tes cœux audacieux.

C R I S A N T E.

Elize, le crois-tu ? i'en coniure les Dieux.

Mais dans le grand tracas où de present nous sommes,
Pour estre plus sceant de l'esloigner des hommes,
Vous logerez vous deux assez commodement
Dans ce logis voisin, qu'à mon appartement
On peut rendre commun en faisant vne porte,
C'est pour fort peu de temps.

ELIZE.

Madame, il ne m'importe,
Ie veux ce qu'il vous plaist.

CRISANTE.

Entrons, car ie veux voir
Comme est mon Lucidor disposé pour ce soir.

Fin du premier Acte.

ACTE II.
SCENE PREMIERE.

LVCIDOR, ADRASTE, FILANDRE.

LVCIDOR.

VOY traiſtre , oſes-tu bien pareſtre en ma
    preſence?
M'oſes-tu bien parler auec telle impudence?
Et te iuſtifier d'vn forfait odieux
Dont i'ay pour mes teſmoins ces miſerables yeux?
Ce ſeroit en effect vne action eſtrange;
Oüy ie t'ay veu barbare, aſſaſſiner vn Ange,
Ie t'ay veu laſchement eſgorger ſans pitié
L'obiet de mon eſtime, & de mon amitié?
Et tu veux impudent plein d'vne audace extreſme
Que ie te prenne ici pour l'innocence meſme?
Quoy? tu ne rougis point de dire que c'eſt moy,
M'ayant aſſaſſiné, qui t'ay manqué de foy?
Suis-ie ſi laſche, ô Dieux d'auoir en ma puiſſance
Cet inſigne affronteur ſans en prendre vengeance?

ADRASTE.

Lucidor, quel que soit l'Autheur de cette mort,
Filandre est innocent, & nous deux auons tort.

LVCIDOR.

Vostre ame est en ce poinct de raison dépourueüe,
Faut-il pour l'excuser démentir nostre veuë?

ADRASTE.

Ne croyons nullement ce que nous auons veu,
Nos yeux nous ont trompé, nos oreilles deceu,
Filandre veut produire vn homme irreprochable,
Qu'il n'est de cette mort aucunement coupable.

LVCIDOR.

C'est quelque autre affronteur qu'il aura suborné.

ADRASTE.

Ie ne me fusse, amy, iamais imaginé
Que vous eußiez en vous si peu de retenuë,
Que vous diray-ie plus? vostre Ariste l'a veuë
Viue & saine, au sortir des mains de ces brigands.

LVCIDOR.

Comment Ariste? ô Dieux! & qu'est-ce que i'entens?
Ariste est-il venu?

ADRASTE.

ADRASTE.

Vous l'aurez dans vne heure.

FILANDRE.

Il ne fera, Monfieur, guere plus de demeure,
Ie fuis venu deuant en pofte, & l'ay laiffé
A dix mille d'ici, quelque peu haraffé ;
Il m'aidera ce foir à couurir cette iniure,
Il me iuftifiera de l'eftrange impofture,
Dont Dieu m'en eft témoin, vous m'accufez à tort :
Ie ne fuis nullement coupable de fa mort ;
Oüy, i'ay fauué Florante, & fouffrez que ie die
Ce que ie fçais au vray de cette Tragedie.
Ie veux fur ce fuiet vous parler franchement.
Et fi fur cette affaire Arifte me dément,
Et que vous ne trouuiez la chofe veritable,
Ie veux de cette mort eftre tenu coupable.
Ie fuis entre vos mains, & ie ne voudrois pas
Pour vn fuiet fi noir éuiter le trefpas.
Penfez-vous qu'à vos yeux ie voulufſe pareftre
Pour me faire punir en qualité de traiftre ?

ADRASTE.

C'eft parler comme il faut, Lucidor, & ie croy
Qu'il ne fe mocque point ny de vous ny de moy :
Nous l'auons veu cent fois deuant le peuple faire
Ce que nous iugions tous n'eftre pas ordinaire.

D

De la mesme façon il nous peut deceuoir,
De grace escoutons-le.

LVCIDOR.

                    Pour moy lors ie creus voir
Qu'il auoit laschément égorgé ma Maistresse.
Mais sans faire le fin, & sans m'vser d'adresse,
Sans me rien déguiser dy moy la verité,
Si tu veux m'estre amy comme tu l'as esté.

FILANDRE.

Or sus donc escoutez. Dedans Alexandrie
Vous auez admiré cent fois mon industrie,
Par les subtilitez que ie fais de mes mains :
Sçachez donc qu'à l'instant que ces cœurs inhumains
Voulurent dés l'abord immoler cette belle,
Ils furent tous rauis d'apprendre la nouuelle
Que personne iamais n'estoit mort de ma main,
Et que selon leurs loix qu'ils m'apprindrent soudain
Ie pouuois faire seul ce sanglant sacrifice.
Or cherchant les moyens de vous rendre seruice
En preseruant de mort cette rare beauté,
I'eus recours sur le champ à la subtilité.
Dans mes inuentions recherchant la meilleure,
Et m'ayant contenté, ie courus tout à l'heure
Vous trouuer dans le port, & vous dis en trois mots
Que sans peur vous missiez vostre esprit en repos,

Que vous m'attendißiez, & que par mon adreſſe
Ie vous rameinerois voſtre chere Maiſtreſſe
Dans quatre heures au plus.

LVCIDOR.

Acheue promptement.

FILANDRE.

Ie fus l'entretenir, pour luy dire comment
Il falloit qu'elle fiſt pour conſeruer ſa vie,
Dont de contentement Florante fut rauie.
Vous viſtes le ſurplus.

LVCIDOR.

Mais comment peux-tu lors
Luy tirer deuant moy les entrailles du corps
Sans la faire mourir ? c'eſt vne mocquerie,
Car cela ne ſe peut par humaine induſtrie.

FILANDRE.

Auec ce couteau feint, vous creuſtes ſon treſpas.
Mais ie fis à vos yeux voir ce qui n'eſtoit pas.
Voyez ſi dans mon art i'eus vne adreſſe extréme,
Puis que i'eus le pouuoir de vous tromper vous meſme:
A ces barbares gens ie pus encore mieux,
Puis qu'ils ſont moins ſubtils faire eſbloüyr les yeux.
Ie la tire à l'eſcart, & tout à l'heure en haſte
I'applique ſur ſon ſein vne peau delicate

D ij

Dont i'eſtois lors pourueu, que fort ſubtilement
Au deſſous du collier i'attache en vn moment.
Et pour mieux deceuoir ces infames canailles
Ie mis ſous cette peau quelques fauſſes entrailles,
Ie frappe droit au cœur, mais auec ce couteau
Ie fendis ſeulement cette petite peau ;
Ie les tiré dehors, & lors ſans plus attendre
Ie les mis ſur l'Autel pour les reduire en cendre.
Incontinent apres ie ſy prendre le corps
Dont on penſoit que l'ame habitoit chez les morts,
Pour le ietter en mer ; car ce barbare office
Deuoit ſuiure de prez ce ſanglant ſacrifice.
Mais on la print ſur l'heure, & ie la fis cacher
Par deux amis inſtruits dans le creux d'vn rocher.
Apres que i'eus finy cette ceremonie,
Et que i'eus pris congé de cette Compagnie,
Ie fus droit la trouuer. Quand Florante me vid,
Auec vn œil riant ſon cœur d'ayſe s'ouurit,
Eſperant vous trouuer dedans voſtre nauire :
Mais ne vous trouuant point ; ie ne ſçaurois vous dire
L'excez de la douleur qui ſon ame toucha,
Elle voulut mourir, mais on l'en empeſcha :
Ie fis tous mes efforts pour calmer ſa furie :
Ie la mene de nuict dedans Alexandrie,
Où peu de temps apres ie trouue par hazard
Ariſte qui diſoit venir de voſtre part.
Il fut raui de voir que la belle Florante
Contre ce qu'il crayoit eſtoit encor viuante ;

Nous coniurant tous deux pour chasser vostre ennuy
De vous venir trouuer à Naples auec luy.

LVCIDOR.

Tu m'auois donc rendu ce tresor adorable
Dont ie plains auiourd'huy la perte irreparable.
Tu dis bien vray, Filandre, helas! i'eus seul le tort:
Mais quel nouueau malheur fut cause de sa mort?

FILANDRE.

Auant le triste sort de cette Tragedie
Nous estions arriuez en l'isle de Candie;
Où si tost que Florante eut par vostre homme appris
Qu'en païs estranger vos yeux s'estoient épris
Des rares qualitez d'vne beauté nouuelle
Et que vous nauigiez à Naples auec elle,
La douleur qu'elle en eut troubla si bien ses sens
Qu'elle en meurtrit sa gorge, & ses yeux innocens,
Tandis qu'elle pleuroit l'excez de sa misere,
Sur le bord de la mer, vn insigne Corsaire
Estant lors aux aguets fit ce rare butin,
En l'enleuant soudain dedans son brigantin.
Nous sceusmes aussi-tost cette triste nouuelle,
Nous armons vn vaisseau, nous courons apres elle.
L'ayant iointe de prez, elle nous crie, Amis,
C'est le vouloir des Cieux, si mon sort l'a permis,
Ie desire mourir, puis qu'aussi bien la vie
De mille déplaisirs seroit tousiours suiuie,

Sans mon cher Lucidor, dont l'infidelité
L'a rangé fous les loix de cette autre beauté ;
Laiſſez-moy captiuer, ie ſuis laſſe de viure.
Mais nous ne laiſſons pas pour cela de la ſuiure :
Eux ſe voyants ſurpris, ſe virent à la fin
Contraints d'abandonner ce precieux butin,
Auec vn ancre au col, ils la iettent dans l'onde.
Nous les plus affligez, les plus triſtes du monde,
Nous laiſſons noſtre chaſſe, & faiſons noſtre effort
Pour taſcher de ſauuer Florante de la mort.
Mais nous fuſmes deceus, car vn grand vent de bize
Nous fit abandonner cette belle entrepriſe,
Nous contraignant au lieu d'vn ſuperbe tombeau,
De laiſſer ce beau corps enſeuely dans l'eau.
En peu de mots voila l'hiſtoire deplorable,
Et la tragique fin de cet objet aymable :
Voyez qui de nous deux à preſent eut le tort,
Et qui fut de nous deux la cauſe de ſa mort.

LVCIDOR.

Puis que ie ne meurs point, Filandre, ie confeſſe
Que perſonne iamais ne mourut de triſteſſe ;
Ah ! perte incomparable, ah ! cruauté du ſort
Faites-moy la faueur d'aller tous deux au port,
Si mon Ariſte vient il aura de la peine
A trouuer le logis, ſi quelqu'vn ne l'y meine.
Laiſſez-moy ſeul ici deplorer mes malheurs.

ADRASTE.

Monstrez plus de constance, appaisez vos douleurs,
Puis qu'à mourir deux fois elle estoit destinee,
Ce n'estoit point pour vous que Florante estoit nee,
Que sert pour ce sujet de souspirer ainsi ?

LVCIDOR.

Allez-vous en de'grace, & me laissez ici.

FILANDRE.

Ne l'importunons pas sur ce fait dauantage,
Il n'y pensera plus apres ce mariage.

SCENE II.

LVCIDOR seul.

L As ! il n'est que trop vray, malheureux, ie cognoy
Que ie ne me puis plaindre à present que de moy.
I'accuse vn innocent, & ie suis seul coupable
D'vn crime qui me rend à iamais miserable.
Elle est morte sans doute auec l'impression
Que i'ay fait banqueroute à son affection:

En peut-elle auoir eu de plus clair témoignage ,
Que d'auoir si soudain appris mon mariage ,
Et que i'ay consenty de luy faire ce tort ,
Si tost que i'eus appris nouuelles de sa mort ?
Ah! si ie ne sçauois qu'au Ciel où tu reposes ,
On lit dedans les cœurs, qu'on y sçait toutes choses ,
Et que ie ne puis pas en attentant sur moy ,
Au lieu des bien-heureux me ioindre auecque toy ?
Qui pourroit m'empescher qu'à present cette espee
Ne fust dedans mon sang iusqu'aux gardes trempee ?
Afin d'auoir le bien de te monstrer vn cœur
Qui de tout autre amour fut tousiours le vainqueur ,
Et pour te tesmoigner vne pure innocence ,
N'ayant iamais vers toy commis aucune offense ;
Ah ! si de toy iamais ie perds le souuenir ,
Que ie sois execrable aux siecles aduenir ?
Mais que dis-je insensé ? que deuiendra Crisante ?
Auray-je le pouuoir de tromper son attente ?
I'ay promis auiourd'huy que nous serions vnis ,
Et qu'alors on verra tous mes regrets finis :
Ie ne puis toutefois brusler d'vne autre flame ,
Tant que ie sentiray Florante dans mon Ame.
Non, il est impossible , & iurant ie promets
Que ce premier obiet n'en sortira iamais.
Allons trouuer Crisante , elle est trop genereuse
Pour n'auoir pas pitié d'vne ame malheureuse ;
Luy contant ce surcroist de nouuelles douleurs ,
I'obtiendray quelque temps pour essuyer mes pleurs.

SCENE

SCENE III.

LEANDRE, PALMERIN, FABRICE.

LEANDRE.

O N ne pouuoit trouuer d'inuention meilleure,
Allons chez Palmerin, trouuons-le toute à l'heure,
Sans luy nous n'en pouuons iamais venir à bout.

PALMERIN.

Sans moy ? disposez-en, promettez-vous-en tout.

LEANDRE.

Tu viens fort à propos pour entendre vne affaire
Que fort mal-aysement sans toy nous pouuons faire,
Nous chassons Lucidor par vne inuention,
Que nous voulons conduire à sa perfection :
Voy la subtilité qu'on s'est imaginée
Pour rompre pour iamais ce fascheux hymenée :
Chacun sçait, car cela n'est nullement secret
Que Lucidor ne fait ces nopces qu'à regret.
Fabrice est donc d'aduis qu'on die qu'à la nage
Tersandre son mary s'est sauué du naufrage

E

Par euident miracle, & contre tout eſpoir,
Que ſans faute il ſera dans Naples à ce ſoir;
Et qu'ayant en chemin appris qu'en ſon abſence
Sa deſloyale femme auoit eu l'impudence
De vouloir eſpouſer ce ſoir vn eſtranger
Il veut ſecrettement de tous deux ſe varger,
Et les tuer au lict s'il les y peut ſurprendre.
Sans doute on le croira, car on ſçait que Terſandre
Aumoins c'en eſt le bruit, nageoit excellemment.

PALMERIN.

Oüy, pour intimider Lucidor tellement
Qu'il n'oſe plus du tout retourner chez Criſante:
Ie le trouue tres-bon, cet aduis me contente.

LEANDRE.

Quand meſme Lucidor n'en croiroit du tout rien
Il en ſera rauy, pour auoir le moyen
D'abandonner Criſante, auecque cette excuſe,
Et n'y reuenir plus.

PALMERIN.

*   Mais épluchons la ruſe:*
Croyez que Lucidor a l'eſprit trop accort
Pour croire qu'aiſement on fuſſe viure vn mort,
Deſcouurant vos deſſeins, ie crains que la colere
Ne faſſe ce qu'Amour enuers luy n'a peu faire,
Et qu'il voudra ſans doute en eſtre plus certain.

LEANDRE.

A cela nous auons vn remede en la main.

PALMERIN.

Quel?

LEANDRE.

Ie te le diray, Iancole de Salerne,
Qu'Argant a tantost veu dedans vne tauerne,
Ainsi comme il m'a dit, luy ressemble si fort
Que nous ferons passer ce viuant pour ce mort.
Argante est donc d'aduis que pour ioüer ce role
Vn peu plus finement on déguise Iancole
Ainsi qu'vn pelerin.

PALMERIN.

Qu'vn pelerin? pourquoy?
A quel propos cela?

LEANDRE.

De grace escoute moy.
Fort bien en pelerin, s'il estoit veritable
Que Tersandre fust vif, il seroit vray-semblable.
Mais comme vray-semblable il faudroit en effet
Qu'il s'habillast ainsi par vœu qu'il auroit fait,
Ou pour se déguiser afin de les surprendre.
Ie croy que ce discours est facile à comprendre.

PALMERIN.

L'inuention est bonne, il est vray, ie cognoy
Iancole, ce me semble, & d'icy ie le voy,
Il a la mesme taille, & le mesme visage,
Et peu s'en faut aussi qu'ils ne soient d'vn mesme âge.
A quoy donc suis-je bon? pourquoy me disiez-vous
Qu'on ne peut rien sans moy?

FABRICE.

                    Palmerin aydez-nous
Il faudra que tantost de parole & de geste
Nous deux pour les tromper nous acheuions le reste.
Et pour y paruenir dés à present il faut
Adroitement pourtant que nous disions tout haut
Que Tersandre est en vie, & faire que Crisante
Auec son Lucidor en prenne l'espouuente :
Qu'il veut venir ce soir trouuer ces Amoureux,
Les surprendre couchez, & les tuer tous deux.
Entends-tu maintenant?

PALMERIN.

                    Fort bien, laissez moy faire,
Ie sçay bien comme il faut conduire cette affaire.
Ie vay trouuer ma femme, & tenez pour le seur
Que ie luy donneray la moitié de la peur,
Pour en donner autant apres à sa maistresse.
Ie m'y sçauray conduire auecque telle adresse

Qu'elle reüßira, laiſſez-m'en le ſoucy.

FABRICE.

Fay donc que dans vne heure on te retrouue icy.
N'y manque pas, amy.

LEANDRE.

Non, Fabrice, il me ſemble
Qu'il eſt plus à propos que nous allions enſemble,
Il m'importeroit trop de ne le trouuer pas.

PALMERIN.

Tout ce que vous voudrez, allons ie ſuy vos pas.

SCENE IV.

FLORANTE ſeule, ſous le nom de Doriſe, eſclaue
de Criſante.

IE ne ſçay pas au vray ſi c'eſt icy la ruë,
le ne ſuis qu'vne fois en ce lieu cy venuë,
Encor eſtoit-il tard. Depuis le triſte iour
Que ie ſuis malheureuſe eſclaue en cette Cour,

E iij

Par ce traiſtre acheptée, Ah! memoire importune,
Qui fait que tous les iours ie maudis ma fortune,
Miſerable Florante? Eh! qu'il t'euſt mieux valu,
Puis que ton mauuais ſort l'auoit ainſi voulu,
Pour finir tes trauaux, que dés l'heure premiere
Que tu ſentis tes yeux ouuerts à la lumiere,
Meſme auant que de voir vn funeſte tombeau
En naiſſant ſur la terre euſt eſté ton berceau?
Ie me ſuis veuë au poinct de ſouffrir le ſupplice,
D'eſtre comme victime offerte en ſacrifice.
Mais on me deliura de ces preſſants malheurs
Pour eſtre deſtinée à de pires douleurs;
Car au lieu des douceurs d'vn heureux hymenee
Ie me vois à preſent de tous abandonnee,
Meſme de Lucidor, qui m'auoit mille fois
Si vainement iuré de viure ſous mes loix.
Le cruel m'a laiſſee, & meſpriſant ſa flame
S'eſt contre ſon ſerment fait cerf d'vne autre Dame.
Ils ſont ici tous deux, comme Ariſte m'a dit,
Qui me voyant l'eſprit de tout poinct interdit,
Apres m'auoir appris cette triſte nouuelle,
N'a plus oſé depuis iamais me parler d'elle,
Et la douleur que i'eus me ſaiſit tellement
Que ie ne m'enquis pas de ſon nom ſeulement.
Si ie n'auois encor perdu que ma franchiſe;
Mais i'ay perdu mon nom, ie paſſe pour Doriſe,
Car ſi l'on cognoiſſoit quelle eſt ma qualité,
Ie n'aurois pas ſi toſt acquis ma liberté.

De trouuer Lucidor quand il seroit possible,
Ie verrois vn ingrat à mes vœux insensible.
Il n'est plus autant vaut, puis qu'il n'est plus à moy.
Peut-estre que confus d'auoir manqué de foy
Il ne m'vseroit pas de tant d'ingratitude
De me laisser mourir en cette seruitude ;
Il m'en deliureroit, il n'est pas vn rocher,
Et quand mesme l'Amour ne le pourroit toucher
Il auroit que ie croy pitié de ma misere,
Et me feroit entrer dans quelque Monastere,
Aumoins pour y seruir le reste de mes iours,
Ie croy qu'il m'aideroit de ce petit secours.
Ce matin au iardin, quand Crisante m'a veuë,
Ie ne me trompe point, ie me suis apperceuë
Qu'elle me regardoit auec affection,
Et sembloit que mon mal luy fist compassion ;
Elle est fort genereuse. Ah ! l'heureuse nouuelle,
Si ie pouuois ici demeurer auec elle,
Car ie m'enhardirois de luy conter vn iour
Le cas que ce perfide a fait de mon Amour,
Elle m'assisteroit par son credit, peut-estre,
Que i'aurois l'heur vn iour de rencontrer ce traistre.
Mais ie la voy venir, c'est elle asseurement.

SCENE V.

FLORANTE, CRISANTE.

FLORANTE.

IE viens executer voftre commandement,
Voftre efclaue eft ici par voftre ordre venuë.

CRISANTE.

Ie m'en refiouys fort, fi toft que ie t'ay veuë
Ie ne le cele point, ton vifage m'a pleu.
Mais de grace, dy moy de quel païs es-tu?

FLORANTE.

D'Andrinople, Madame.

CRISANTE.

Et ton nom ?

FLORANTE.

C'eft Dorize.

CRISANTE.

Mais comment as-tu fait perte de ta franchise?
Et quel bonheur t'a fait dresser ici tes pas?

FLORANTE.

Madame pleust au Ciel ne m'en souuenir pas.
A l'âge de douze ans vn ieune Gentilhomme
M'enleua de chez nous, & m'emmena dans Rome,
Là i'appris vostre langue, & me fis tant d'honneur
Qu'il me traita tousiours comme sa propre sœur.
Mais là mort le surprit, & trompa mon attente,
Ses meubles furent mis incontinent en vente,
On se saisit de tout, on me prit à la fin,
Et ie fus dans ce port venduë à Palmerin,
Qui m'a tousiours traitee auec trop d'insolence :
Ie pensois estre à luy, mais ayant cognoissance
Qu'à present ie dépends absolument de vous,
Et que i'en dois attendre vn traitement plus doux;
Ie rends graces aux Dieux, & ie iure Madame
Que sans comparaison, i'ay plus d'ayse dans l'ame
D'estre esclaue à iamais d'vne telle beauté
Que d'estre auec les miens en pleine liberté.

CRISANTE.

Tu m'obliges beaucoup, asseure-toy Dorise,
Que tu peux acquerir auec moy ta franchise,
Et c'est le moins encor que tu peux esperer.

FLORANTE.

Ie n'ay plus rien, Madame, apres à defirer,
Ie veux pour vous feruir perdre cent fois la vie.

CRISANTE.

I'aurois trop de regret que l'on te l'euſt rauie,
Ie te veux conferuer, car i'ay befoin de toy,
Ie te diray tantoſt ce que tu peux pour moy.

FLORANTE.

Ie ne fuis bonne à rien, c'eſt dont ie defeſpere.

CRISANTE.

Entrons; nous parlerons tantoſt de cette affaire.

Fin du fecond Acte.

ACTE III.
SCENE PREMIERE.
CRISANTE, FLORANTE.

CRISANTE.

COMME ie te diſois, Dorize, ſi tu veux
Tu viuras trop heureuſe, & certes tu le peux,
Tu vois qu'auparauant que l'auoir demandée
Ta liberté par moy deſia t'eſt accordée,
Si tu veux ſeulement abandonner ta loy
Tu pourras commander abſolument chez moy.

FLORANTE.

Certes, ie ne croy point qu'on ait veu de Maiſtreſſe
Auoir pour vne eſclaue vne telle tendreſſe,
Ie vous ay peu ſerui, pour auoir merité
De ſi rares effets d'vne telle bonté ;
I'approuue ce conſeil de quelque part qu'il vienne,
Ie ne refuſe point de me faire Chreſtienne.

Ce n'eſt pas d'auiourd'huy que voſtre loy m'a pleu,
Depuis trois ans entiers mon cœur l'a reſolu,
Mais afin de iouyr d'vne gloire parfaite
Ie veux qu'auparauant vous ſoyez ſatisfaite,
Voſtre homme a déboursé deux cens eſcus pour moy
Ie les veux rendre auant que de changer de loy,
Chacun auec raiſon me donneroit le blaſme
D'auoir eu ſoin du corps beaucoup plus que de l'ame,
Et d'auoir témoigné que voſtre loy me plaiſt
Bien moins pour mon ſalut, que pour mon intereſt.

CRISANTE.

Dorize tu paroiſt vn peu trop genereuſe,
Et tu veux à toy-meſme eſtre trop rigoureuſe.
Si ton courage eſt grand, tu manques de vigueur,
Et tu veux meſurer tes forces à ton cœur :
Si tu te veux reſoudre à quitter ta croyance,
Il faut de tes parens perdre toute eſperance,
Ils couperoient plutoſt la trame de tes iours
Que de vouloir iamais te donner du ſecours ;
De qui donc pretends-tu recouurer cette ſomme ?

FLORANTE.

Ie ne pretends rien d'eux, Madame, mais d'vn homme
Qui me doit beaucoup plus, & qui ſe trouue ici ;
I'en ſuis tres-aſſeuree, on me l'a dit ainſi.
Ie voudrois vous prier, (excuſez mon audace,
Si i'oſe effrontement demander cette grace)

Faites-le moy trouuer, car s'il m'eſtoit permis
De luy faire tenir tout ce qu'il m'a promis,
Ie vous ſeruirois libre, & i'aurois vne gloire
Dont ie conſeruerois à iamais la memoire.
Madame en ce beſoin ayez pitié de moy.

CRISANTE.

N'en doute nullement, Doriſe, leue-toy,
Et croy qu'il ne pourra, par force, ou par adreſſe,
Eſchapper de mes mains ſans tenir ſa promeſſe.
S'il eſt ici, ie veux qu'on le cherche par tout,
Et s'il ſe peut trouuer i'en viendray bien à bout.
Oüy laiſſe-m'en le ſoin.

FLORANTE.

O bonté ſans exemple!
Que ne m'eſt-il permis de vous dreſſer vn Temple?
Et de vous adorer, vous rendant auiourd'huy
Mon vnique defenſe, & mon vnique appuy:
Ie n'eſpere qu'en vous, & ſur cette eſperance
Mes trauaux ſont finis, & mon heur recommence.
Diſpoſez de mon ſort de pleine authorité,
Ie ſouſcriray touſiours à voſtre volonté,
Quoy qu'elle repugnaſt de tout poinct à la mienne:
Mais que puis-je, Madame, en me faiſant Chreſtienne?
Ie ne fais rien pour vous ie trauaille pour moy,
Ce n'eſt pas vous donner des preuues de ma foy,
Ny vous rendre vn effect de mon obeiſſance.

CRISANTE.

En vne grande affaire, & qui m'est d'importance.
Tu peux beaucoup, ainsi qu'on me fait esperer.

FLORANTE.

Ie n'ay, si i'ay cet heur, plus rien à desirer.

CRISANTE.

On m'a dit que tu sçais des secrets admirables
Pour guerir certains maux que l'on tient incurables,
Vn homme frenetique, vn esprit ombrageux.

FLORANTE bas.

Dißimule, Florante, & feins que tu le peux.
Oüy Madame, en cela i'ay quelque experience.

CRISANTE.

Dorize, si tu peux donner quelque allegeance,
Si tu peux par ton art secourir auiourd'huy
Vn homme qui se meurt de tristeße, & d'ennuy,
Vn esprit esgaré, mais vn homme que i'aime,
Ie ne le cele point, à l'egal de moi-mesme,
Espere tout de moy.

FLORANTE.

          Madame, pourroit-on
Sans vous importuner, s'informer de son nom?

CRISANTE.

Le cruel qui d'abord m'a raui la franchise,
Et derobé le cœur, prit naissance à Venise,
Son nom est Lucidor.

FLORANTE bas.

Qu'entends-je? iustes Dieux!

CRISANTE.

C'est l'homme le mieux fait qui soit dessous les Cieux:
Ie l'adore, & pour moy son cœur n'est qu'vne roche,
Trois mois sont écoulez depuis qu'en Antioche
Ce puissant ennemy qui me donne la loy
Se sauua du naufrage, & vint loger chez moy,
Où la mesme tempeste aussi m'auoit poussee.
Dorise il me pleut tant, que me voyant forcee
Par les charmants attraits de ce noble vainqueur
D'abord sans hesiter, ie luy donné mon cœur
Le dis-je sans rougir? oüy, par mille caresses
Ie luy fis vn present de toutes mes richesses,
Et le prié cent fois de vouloir m'espouser.
A quoy l'ingrat qu'il est n'a peu se disposer,
Pour n'auoir peu iamais s'oster de la memoire
Vn obiet rauissant qui fait toute sa gloire,
Vne Florante morte & iettée en la mer;
Et quoy qu'il m'ait promis, il ne me peut aimer;

Il m'espouse à ce soir, mais son Ame égarée
De voir à tous momens Florante massacrée,
Ainsi comme il m'a dict l'auoir veuë en ce poinct,
Quoy que ie l'aime trop, fait qu'il ne m'aime point.
Or tu peux bien penser, Dorise, que mon Ame
Bruslant comme elle fait, de cette aimable flame,
N'a pas sujet ici de se trop resiouyr,
Quoy que ie sois au poinct de bien-tost en iouyr,
Ie ioüiray du corps, mais l'heureuse Florante
En possedant le cœur trompera mon attente.
Ses pensers toute nuict voleront dans les Cieux,
Afin de rendre hommage à l'obiet odieux
Qui me rend miserable, & qui fait que ma vie
De mille déplaisirs sera tousiours suiuie.
Ie ne puis asseruir cet aimable vainqueur
Tant que cette beauté regnera dans son cœur.
Dorise, oste du mien cette espine cruelle,
Fay tant qu'au lieu d'aimer l'ombre de cette belle
Son image l'effraye, & paroisse à ses yeux
Le plus horrible objet qui soit dessous les Cieux.
Oste-la de son cœur, & me mets en sa place,
Fay que ie lui paroisse auecque plus de grace,
Qu'il m'aime encor plus qu'elle, ou selon mes souhaits
Fay tant si tu le peux qu'il n'y pense iamais.
Croy que si tu le fais, ie te devray la vie,
Et ie contente apres aussi-tost ton enuie,
Cet homme te tiendra tout ce qu'il t'a promis,
I'y veux interesser les miens & mes Amis

Pour

Pour luy faire accorder tout ce que tu defires :
Tu trembles, tu paflis, Dorize, tu fouspires ;
N'en doute nullement, ie t'engage ma foy.

FLORANTE.

Madame, il ne fe peut.

CRISANTE.

Il ne fe peut ? pourquoy ?

FLORANTE.

Ie le puis aifement, Madame, ie me vante
De faire à Lucidor oublier fa Florante ;
Mais lors que fes efprits en feront deliurez,
Ie perds en mefme temps l'homme que vous m'offrez.

CRISANTE.

Dorife, que dis-tu ? refues-tu ?

FLORANTE.

Non, Madame.

CRISANTE.

Qui te met ces penfers & ces frayeurs dans l'ame ?
Tu peches feulement de te l'imaginer.

FLORANTE.

Aux plus cruels tourmens ie veux m'abandonner,
Si ce que ie vous dis n'est la verité mesme.

CRISANTE.

Dieux! que puis-je resoudre en ce malheur extresme?
Quel crime ay-je commis, miserable? & pourquoy
Faut-il que le destin se ligue contre moy?
Tout coniure ma perte, & pour mon infamie
Le Ciel vient m'opposer cette lasche ennemie,
Ne lui manquant plus rien pour me persecuter,
Et pour m'oster l'espoir qu'à la ressusciter?
Vien, detestable, vien me liurer cent batailles,
Ie te veux arracher de nouueau les entrailles
Si tu reuiens en vie, & deuorer ton cœur
Pour me rendre agreable à mon lasche vainqueur,
Mais où vont ces transports? que ma colere est vaine.
Dorise si tu peux fais accroistre sa peine ;
Irrite les demons qui la tiennent aux fers,
Augmente les tourmens qu'elle souffre aux enfers,
Et s'il se peut trouuer vn supplice aussi rude
Comme sont mes transports & mon inquietude,
Fay-le, ie ne desire autre chose de toy.

FLORANTE bas.

Si ie me descouurois, que seroit-ce de moy?

CRISANTE.

C'eſt aſſez m'obliger, vange moy de Florante.

FLORANTE.

Ne perſecutez point cette pauure innocente,
En penſant l'attaquer vous n'attaquez que moy,
Seule vous m'offenſez.

CRISANTE.

Toy Doriſe , eh! pourquoy?

FLORANTE.

Si pour cela voſtre Ame eſt en inquietude,
N'eſt-ce pas m'accuſer de trop d'ingratitude?
Madame ie croirois vous aimer froidement
Si ie vous témoignois moins de reſſentiment?
Vous vous imaginez doncque que ie m'employe ,
Auecque moins d'ardeur, moins de zele & de ioye,
Et que i'oſe choquer vn deſſein qui vous plaiſt,
Parce qu'il faut agir contre mon intereſt?
Croyez-vous qu'vne vile, & miſerable eſclaue,
A vos yeux, & chez vous inſolemment vous braue?
Et qu'elle oſe attaquer d'vn cœur audacieux
Le plus parfait obiet qui ſoit deſſous les Cieux?
Non, Madame, ie veux vous rendre ce ſeruice,
D'autant plus que la choſe eſt à mon preiudice.

Si ie vous puis donner ces preuues de ma foy ,
Quoy que ie perde tout , ie fais beaucoup pour moy.

CRISANTE.

Dorife , ma mignonne , ah! que tu me confoles ,
Sois moy prompte aux effects , aufsi bien qu' aux paroles :
Pardonne , fi de peur de me laiffer mourir
I'accepte le party que tu me viens d'offrir.
N'aye fouci de rien , fi ie fuis ta Maiftreffe ,
Ie deuiens ton efclaue , ouy certes ie confeffe
Que ie tiendray le iour abfolument de toy.

FLORANTE.

Madame , en vous feruant , ie fais ce que ie doy ,
Que la Maiftreffe viue , & que l'efclaue meure.

CRISANTE.

Ie vay donc t'enuoyer Lucidor tout à l'heure.

FLORANTE bas.

Dieux! pourray-ie le voir auecque tant d'appas ,
Luy parler de me perdre , & ne me troubler pas?

CRISANTE.

Que dis-tu?

FLORANTE.

Que pour eftre vn peu plus affeurée,

Ie voudrois quelque temps pour estre preparée,
Vn quart-d'heure au plus tard.

CRISANTE.

Va donc te preparer.

FLORANTE bas en s'en allant.

Mourons, si ie ne puis desormais esperer.

SCENE II.

CRISANTE, LVCIDOR.

CRISANTE seule.

IE commence d'auoir à present esperance
De trouuer à mes maux bien-tost quelque allegeance ; Lucidor
Mais, ie voy Lucidor. Où s'addressent vos pas ? arriue.

LVCIDOR surpris.

Madame, excusez-moy, ie ne vous voyois pas.

CRISANTE.

Que me sert de pretendre à l'heur de vostre couche
Si ie vous voy muet, & plus froid qu'vne souche ?

G iij

L'esprit hors de vous-mesme, & reduit à tel point,
Qu'estant auprez de moy vous ne me voyez point.

LVCIDOR.

Que vous diray-je plus? en ce malheur extresme
Ie ne puis seulement me cognoistre moi-mesme:
Vous ay-je pas tantost auec mille douleurs
Raconté le sujet d'où procedent ces pleurs?
Que desirez-vous plus?

CRISANTE.

*   Vous m'auez fait entendre*
Ce que vous auez sceu depuis peu de Filandre:
Mais si le Ciel jaloux de vos contentemens
A deux fois separé deux si parfaits Amans,
Ne voyez-vous pas bien que vostre destinée
Vous vouloit reseruer pour vn autre hymenée,
Plus noble, plus sortable, & plus digne de vous?

LVCIDOR.

Ie le cognoy, Madame, aussi ie m'y resous.

CRISANTE.

Vous vous y resoluez? & comment dois-je croire
Que ie puisse iamais posseder cette gloire?

LVCIDOR.

Madame, il est certain que mes sens égarez
Sont indignes du bien que vous me procurez,
Ie ne merite point de posseder vos charmes,
Ny de m'en voir prié, mesme auecque des larmes.
Quand i'ay les sens rassis, Madame, ie cognoy
Et ce que vous valez, & ce que ie vous doy.
Mais comment voulez-vous, & comment puis-ie faire
Que le flambeau d'hymen dans ce trouble m'esclaire?
Pleust au Ciel que ie peusse entierement bannir
De chez moy pour iamais ce fascheux souuenir.
Mais ie ne le puis pas, car ma chere Florante
Deuant mes tristes yeux iour & nuict se presente;
Ie la voy ce me semble au pitoyable estat
Qu'on fit dessus sa vie un funeste attentat.
Ie lui vois arracher de nouueau les entrailles,
Et mes obiets ne sont que morts & funerailles;
Et si ie doy souffrir pour iamais ces tourmens
Dois-ie pas renoncer à tous contentemens?

CRISANTE.

Ie puis mettre sans doute hors de vostre memoire
Ce fascheux souuenir qui trouble vostre gloire.

LVCIDOR.

I'en coniure le Ciel, & sans mentir ie croy
Qu'en cela vous feriez moins pour vous que pour moy.

Pouuant iouyr du bien que mon deſtin m'enuoye ,
Vous combleriez mes iours de trop d'heur & de ioye.

CRISANTE.

Vne eſclaue le peut , que ie vous feray voir.

LVCIDOR.

Vous croyez qu'vne eſclaue ait vn ſi grand pouuoir ?
Ie n'en eſpere rien.

CRISANTE.

          Lors que vous l'aurez veuë
Ie ſçay que les attraits dont le Ciel l'a pourueuë
Vous feront auoüer que l'on ne ſçauroit pas
Voir en vn ſeul ſujet tant de grace & d'appas.
C'eſt vne fille ieune , & parfaitement belle ,
Et l'on n'a iamais veu ce que l'on void en elle ;
Vn eſprit admirable , vn port ſi gracieux
Qu'elle charme en meſme heure , & l'oreille & les yeux.

LVCIDOR.

Nous verrons ce que c'eſt ; mais ie iure, Madame ,
(Voyez ſi vous pourrez l'effacer de mon ame ?)
Qu'il me ſemble la voir , tant vous repreſentez
Comme dans vn tableau ſes rares qualitez ,
Son geſte , ſon eſprit , ſa grace naturelle ,
Auec tous les attraits qui ſe trouuoient en elle.

CRI-

CRISANTE.

Mais à quoy resuez-vous? quels charmes si puissans
Vous ostent tout a fait l'vsage de vos sens ?
Songez-vous à Florante? elle n'est plus qu'vne ombre
Qui des fantosmes vains accroist le triste nombre.
Taschez ie vous supplie à n'y penser iamais.

LVCIDOR.

I'y feray mon possible, oüy ie vous le promets.

CRISANTE.

Entrons, nous parlerons encor de cette affaire.
Enfin tout ira bien.

LVCIDOR.

Pour moy i'en desespere:

H

SCENE III.

ADRASTE, PALMERIN.

ADRASTE.

MAis le sçauez-vous bien?

PALMERIN.

Vous le diray-ie encor?

ADRASTE.

N'en auez-vous rien dit encor à Lucidor?

PALMERIN.

Ie trauaille pour moy, cela me doit suffire,
Puis que vous le sçauez, c'est à vous à luy dire.

ADRASTE.

Mais, où pourray-je auoir des nouuelles de luy?
Et quand reuient ce mort?

PALMERIN.

Il reuient auiourd'huy,

Je vous l'ay dit cent fois.

ADRASTE.

Est-il vray que Tersandre
Les veut tuer tous deux, & pour les mieux surprendre
Reuient en pelerin.

PALMERIN.

Oüy, tres-asseurement,
Mais la chose auec vous me touche également.
Il croit que i'ay trempé dedans ce mariage;
C'est pourquoy de chez luy i'enleue mon mesnage:
I'en fais sortir ma femme: en effet auiourd'huy
Ie craindrois estant pris de payer pour autruy,
Et d'estre des premiers attrapez dans le piege.

ADRASTE.

Ie cherche Lucidor, Dieux où le trouueray-je ?
Il n'est point chez Crisante, Adieu, pardonne-moy.   Adraste
                                                        sort.

PALMERIN seul.

Bon, bon, si Lucidor n'est pas plus fin que toy,
Nous viendrons aisement à bout de nostre attente.
Mais allons de ce pas espouuenter Crisante.

SCENE IV.

LVCIDOR, FLORANTE.

LVCIDOR.

C'Eſt ici le logis que Criſante m'a dit.
Frappons ; mais i'ay l'eſprit grandement interdit ;
Et ie ſuis bien trompé ſi ie croy que Doriſe
Puiſſe venir à bout d'vne telle entrepriſe.

FLORANTE à la feneſtre.

Monſieur, ie viens à vous.

LVCIDOR.

        Iuſtes Dieux qu'ay-je veu ?
Veillay-je ou ſi ie dors ? ou mes yeux m'ont deceu,
Ou ie voy de Florante vne viuante image ;
Ce ſont ces meſmes traits, & ſon meſme viſage,
Son geſte & ſa façon, & ie ſuis en ſouci
Si c'eſt Florante, ou bien s'il me le ſemble ainſi.
Mais non, tu ne vis plus, tu n'és plus en ce monde,
Ce precieux treſor eſt le butin de l'onde,
Et le Ciel a mes yeux pour me perſecuter,
Deſſous vn faux ſemblant te vient repreſenter.

Auras-tu le pouuoir de tenir ta promeſſe
Doriſe? & pourras-tu contenter ta maiſtreſſe?

Florante
paroiſt
en bas.

FLORANTE.

Promettez-moy, Monſieur, de parler franchement,
De ne me celer rien, & vous verrez comment
Ie cognois mieux que vous les penſers de Florante.

LVCIDOR.

Tu me rends tout confus, ton diſcours m'eſpouuente,
Si tu peux par ton art me monſtrer auiourd'huy
Que tu ſçais penetrer dans les ſecrets d'autruy.

FLORANTE.

Vous m'auoüerez, Monſieur, deuant que ie vous laiſſe,
Que ie cognoy fort bien ceux de voſtre Maiſtreſſe,
Dites-moy de vous deux qui le premier fut pris?

LVCIDOR.

Ce bel obiet d'abard m'enchanta les eſprits.

FLORANTE.

Voyez comme ie ſuis mieux que vous informée:
Florante auparauant que vous l'euſſiez aimee,
Bruſloit d'Amour pour vous, & ſi vous n'auiez pas
Encor veu ny cognu ce qu'elle auoit d'appas.

H iij

LVCIDOR.

Mais comment le sçais-tu Dorise ? on t'a deceuë.

FLORANTE.

Dites, n'est-il pas vray ? vostre premiere vèuë
Fut dedans son iardin, où Florante & l'amour
Venoient se promener dés la pointe du iour ?
Et comme vous resuiez au bord d'vne fontaine ,
Exempt, comme ie croy, de l'amoureuse peine ,
Contemplant à main droite vn excellent tableau ,
Qui mesme paroissoit iusques au fond de l'eau ,
Et qui representoit les beautez de Semelle ,
Alors que Iupiter brusloit d'amour pour elle ;
Et comme d'autre part vous regardiez encor
La Nymphe que trompa cette brillante eau d'or,
Florante vous surprit ?

LVCIDOR.

*   Que ce discours m'estonne ,*
Car ie ne l'ay iamais fait sçauoir à personne :
Il est vray ; mais par là voudrois-tu presumer
Que Florante ait esté la premiere à m'aimer ?

FLORANTE.

N'auez-vous pas appris & de Florante mesme
Qu'elle vous cherissoit, mais d'vn amour extresme ,

Sur le bruit qui couroit de vos perfections,
Et que son cœur brusloit de mille passions
De reuenir bien-tost dedans Alexandrie,
Sous pretexte d'aimer à reuoir sa patrie;
Mais son plus grand desir consistoit seulement
A voir les qualitez d'vn si parfait amant?
N'auez-vous pas cent fois ouy dire à son pere
Que ses plus grands desirs ne tendoient qu'à luy plaire,
Et que pour adherer à son plus grand souhait,
Il estoit reuenu bien plutost qu'il n'eust fait,
Ce que vous auez sceu du depuis par sa bouche.

LVCIDOR.

Dorise, tu me rends muet comme vne souche.
C'est la verité mesme, à present ie te croy:
Mais puis que tu peux tant, & puis que ie cognoy
Que tu sçais penetrer dans le cœur de Florante,
Responds moy seulement si son ame est contente
Que i'aime ta Maistresse, & l'espouse à ce soir?

FLORANTE bas.

Que respondray-je? ô Dieux! estant en mon pouuoir
D'acquerir Lucidor; perdray-je ce que i'aime?

LVCIDOR bas.

Mais quoy! suis-je enchanté? voila le geste mesme
Que me fit ma Florante, auant que d'approuuer
Le dessein que i'auois de la faire enleuer.

C'eſt vne illuſion qui m'eſbloüit la veuë.

FLORANTE bas reſuant.

Oüy perdons Lucidor, m'y voila reſoluë.

LVCIDOR bas.

Quelque habile demon par de puiſſans reſſorts
Emprunte ce viſage, & fait mouuoir ce corps,
Il n'en faut plus doüter, la choſe eſt apparente.

FLORANTE bas.

Puis-je faire autrement ? i'ay promis à Criſante.

LVCIDOR.

Doriſe, promets-tu que Florante y conſent?

FLORANTE reſoluë.

Oüy, Florante vous void, Florante vous entend;
Florante aſſeurement eſt en voſtre preſence,
Dont les ſens ſont rauis de voir voſtre conſtance;
Elle admire, & cherit voſtre fidelité,
Quoi que par ci-deuant ſon cœur en ait douté.
Mais elle s'en repent, & vous dit par ma bouche
Qu'vne tendreſſe enfin pour Criſante la touche,
Et que vous ne pouuez que par trop de rigueur
Refuſer d'accepter le preſent de ſon cœur,

Qu'elle

Qu'elle veut qu'à iamais vous luy soyez fidelle,
Et que vous l'oubliez entierement pour elle ;
Que c'est la mespriser, & mesme la haïr
Si vous ne luy voulez en ce poinct obeïr,
Qu'en Crisante la grace, & la richesse habite ;
Et que sans doute elle a beaucoup plus de merite
Que n'eut iamais Florante, & pour moy ie le croy.

LVCIDOR.

Te mocques-tu Dorise ? eh de grace tay toy :
Ie l'aduoüe, il est vray, ta Maistresse est aimable,
Mais non pas qu'à Florante elle soit comparable :
Non, non, cela n'est point. Ah Dorise sçais-tu
Quelle estoit sa beauté ? quelle estoit sa vertu ?
Tu ne la vis iamais, car si tu l'auois veuë
Auec tous les attraits dont elle estoit pourueuë,
Tu ne comparerois auec cette beauté
Nulle autre qui ne tint de la Diuinité.
Mais que dis-je, insensé ? plus ie te considere
Plus ie remarque en toy l'obiet que ie reuere,
Et plus ie m'apperçoy que par magiques arts
Tes yeux ont pris l'éclat de ses charmans regards.
Ouy Dorise, il est vray, qu'en te voyant toy-mesme
Tu vois vn vray portrait de la beauté que i'ayme.
Tel estoit son visage, & tu ne pouuois pas
Paroistre en ma presence auecque plus d'appas.
Au lieu de te blasmer, Dorise, ie t'excuse
D'auoir deceu mes yeux par cette belle ruse

De quitter ton vifage, & de te transformer
En vn que i'aime feul, & que ie veux aimer,
Pour te rendre agreable, & pour auoir la gloire
D'acquerir fur mes fens vne entiere victoire.

FLORANTE bas.

Le pauure infenfé refue.

LVCIDOR.

                       Et veritablement,
Tu prens en ce vifage vn obiet bien charmant,
Et qui peut tout fur moy. Mais vois-tu pas Dorife,
Qu'auiourd'huy ton deffein deftruit ton entreprife?
Comment peux-tu penfer que i'aye le pouuoir
D'oublier pour iamais ce que tu me fais voir?
Tu veux m'ofter du cœur cette belle que i'aime,
Et tu la fais paroiftre en ton vifage mefme?
Ofte, ofte, ces beautez qui troublent mon repos,
Que tu viens d'emprunter, mais fort mal à propos,
C'eft l'entendre tres-mal, & manquer bien d'adreffe,
Ce n'eft pas le moyen de feruir ta Maiftreffe,
Par ces attraits iamais tu n'en viendras à bout,
Au lieu de t'auancer tu ruineras tout.

FLORANTE.

Les Dieux me foient témoins, que mon Ame eft contente
De paroiftre à vos-yeux belle comme Florante,

Et c'est le seul moyen que i'ay voulu choisir
Pour le bien de Crisante, & pour vostre desir.

LVCIDOR.

Comment pour mon desir? dy moy de quelle sorte?

FLORANTE.

Voulez-vous pas sçauoir si cette belle morte
Goustera l'vnion de Crisante & de vous ?
Et si son cœur au Ciel n'en sera point jaloux?

LVCIDOR.

C'est tout ce que ie veux.

FLORANTE.

                    Or qui vous peut mieux dire
En cette occasion ce que son cœur desire
Qu'vne qui luy ressemble? & qui vous a fait voir,
Qu'elle a sur son esprit vn absolu pouuoir,
Et cognoist ses pensers à l'égal d'elle mesme?

LVCIDOR.

Il est vray, ie l'auoüe, & la beauté que i'ayme,
Ie le dis franchement, n'eut iamais plus d'appas,
Elle reuit en toy : Mais ne iuges-tu pas
Que toute autre beauté m'estant indifferente,
Et que n'estimant rien à l'esgal de Florante,

Le plus parfait obiet qui vienne de ta main
Ne me sçauroit iamais empescher ce dessein ?
Car ie deuiens confus, ie paslis, & ie tremble
De voir deuant mes yeux vne qui luy ressemble,
Et mon cœur estimant ce miracle des Cieux,
Peut sans trahir Florante, adorer tes beaux yeux.

FLORANTE.

Si c'est pour mon suiet que vostre cœur souspire,
Il faut que vous vueilliez tout ce que ie desire,
Si vous aimez Florante, il faut m'aimer aussi.

LVCIDOR.

Tu me causes, Dorise, vn semblable souci.

FLORANTE.

Si vous me cherissez autant que sa personne,
Vueillez ce que ie veux.

LVCIDOR.

                    Mais ton discours m'estonne,
Florante n'eut iamais vn semblable desir,
Que ie la quitte, ô Dieux, qu'elle y prendra plaisir ?
Dy moy, posons le cas que tu sois en sa place,
Voudrois-tu me prier que ie t'abandonnasse
Pour en aimer vne autre ?

FLORANTE.

     Oüy tres-asseurément :
Ie ne pourrois iamais vous aymer autrement ;
Car espousant Crisante, vn si beau mariage
Estant, ainsi qu'il est, plus à vostre aduantage,
Si ie vous empeschois de receuoir sa foy,
Seroit-ce pas monstrer vous aimer moins que moy ?

LVCIDOR.

A ce coup ie me rends, ie n'ay rien à respondre,
Tant son esprit parfait sçait mes raisons confondre,
Ie veux aimer Crisante, & seconder ses vœux,
Et mesme l'espouser à ce soir si tu veux.
Mais fay moy voir vn iour cette beautè parfaite ;
Fay qu'elle me tesmoigne en estre satisfaite
En songe pour le moins, & que mes sens confus
Par tant de visions ne m'espouuentent plus.

FLORANTE.

Accomplissant l'hymen, sçachez que ie m'engage
De luy faire approuuer bien-tost ce mariage,
Florante asseurement vous le témoignera,
Non pas pour vne fois, mais tant qu'il vous plaira.

LVCIDOR.

A-t'on iamais parlé de puissances pareilles ?
Si tu peux operer de si grandes merueilles,

Tu pourras auſſi-toſt, Doriſe, ſi tu veux,
Faire reſſuſciter cet objet de mes vœux :
Et reſſemblant ſi fort à la beauté que i'aime,
En prenant ſon eſprit, l'animer en toy-meſme.

FLORANTE.

Cela dépend de Dieu, c'eſt luy ſeul qui peut tout.
Mais que me diriez-vous ſi i'en venois à bout ?
Dites, que feriez-vous, ſi ſans aucun obſtacle
Ie vous monſtrois ici Florante par miracle ?

LVCIDOR.

Quoy ? ce que ie ferois ? en voudrois-tu douter,
S'il dependoit de toy de la reſſuſciter ?
Laiſſant Criſante à part, & mépriſant ſa flame,
Ton vnique beauté regneroit dans mon ame.
Si tu deuois mourir à cette heure, croy may
Que ie ſerois rauy de mourir auec toy.

FLORANTE bas.

Veux-je le perdre ? ayant vn Amant ſi fidelle ?
Ie me veux deſcouurir, l'occaſion eſt belle,
I'ay fait plus pour Criſante encor que ie n'ay deu.

LVCIDOR.

Parle moy librement, Doriſe, que crains-tu ?
Sçais-tu quelque moyen d'alleger mon martire ?
As-tu quelque ſecret à preſent à me dire ?

FLORANTE.

Oüy Monsieur, mais.

LVCIDOR.

Quoy mais ? qui cause ton soucy ?

SCENE V.

ADRASTE, LVCIDOR, FLORANTE.

ADRASTE.

LVcidor est-ce vous ? retirez-vous d'icy,
Ne me repliquez point, il y va de la vie.

LVCIDOR.

Que sera-ce grands Dieux ?

ADRASTE.

     Si vous auez enuie
De conseruer vos iours, suiuez-moy promptement.

FLORANTE bas.

Grands Dieux que signifie vn tel estonnement ?

LVCIDOR à Florante en s'en allant.

Dy ce que tu voudras, Dorise, à ta Maistresse,
Nous nous verrons tantost, tu vois que l'on me presse.

FLORANTE seule en s'en allant.

Iuste Ciel d'où depend ma fortune auiourd'huy,
Fay reuiure ma ioye, & mourir mon ennuy.

Fin du troisiesme Acte,

ACTE

ACTE IV.
SCENE PREMIERE.

E L I Z E feule,
Auec vn pacquet de hardes fous fon bras.

CONSOLEZ-vous, Madame, & prenez
    patience,
Et faites en ce cas agir voftre conftance,
Vous aués tort de plaindre & de vous affliger,
On croiftroit voftre peine au lieu de l'alleger.
En vain ie vous voudrois aſſifter de mon ayde,
Car que peut-on pour vous? la chofe eft fans remede.
Miferable Crifante, ah Dieu que ie la pleins,
Eftre deſſus le poinct d'accomplir fes deſſeins,
D'auoir de fes Amours l'entiere iouiſſance,
Et voir en vn moment mourir fon efperance,
Son vieillard reuenir! Dieux qui s'en fuft douté!
Auſſi fot & brutal qu'il l'a iamais efté,
Et mefme auec deſſein, en y penfant ie tremble,
De les tuer tous deux s'il les trouuoit enfemble.

Elle par-
le côme
à Crifan-
te en for-
tant.

Elle fort
fur le
cheatre.

K

Crisante le sçait bien , il reste seulement
D'en tenir aduerty ce malheureux Amant;
On n'y manqueras pas , & peut-estre par elle
Qu'il apprendra bien-tost cette triste nouuelle.
Pour moy ie fais vertu de la necessité ,
Et me veux faire mettre en lieu de seureté :
I'ay sujet d'auoir peur , & d'estre sur mes gardes.
I'emporte auecque moy le meilleur de mes hardes,
Et laisse le surplus à la merci du sort.
Ie n'ay pas pour mourir le courage assez fort.

SCENE II.

FLORANTE seule.

IE vay trouuer Crisante , Ah Dieux! que luy diray-je?
Lucidor, ie te perds. Mais pourquoy te perdray-je?
Puis-je t'abandonner , si ie voy qu'en effet
Ta constance est extréme , & ton Amour parfait?
Pourrois-je te trahir ? quoy! seroit-il possible
Qu'à tant de fermeté ie deuinsse insensible ?
Cher Amant, les destins conjurez contre toy,
Ne t'ont pas empesché de me garder ta foy,
Ny l'appetit brutal de ces tyrans auares,
Ny le spectacle affreux de ces cruels barbares,

Ni la fureur des flots, ny l'horreur de la mort
N'ont pas sceu t'esbransler auec tout leur effort :
Et moy qui te doy tant, auroy-je l'infamie
De paroistre à tes yeux ta plus fiere ennemie ?
Et de t'obliger mesme à receuoir la loy
De celle que tu haïs, & pour l'amour de moy ?
Florante te sera par Florante rauie ?
Non, Lucidor, plutost ie veux perdre la vie.
Si i'ay pris tant de peine à te gagner le cœur,
Si i'ay suiuy tes pas auecque tant d'ardeur,
Si depuis si long-temps tu possedes mon Ame,
Si ie brusle pour toy d'vne si belle flame.
Si i'ay pour ton sujet souffert tant de douleurs,
Si tu m'as tant cousté de souspirs & de pleurs ;
Te trouuant par bonheur, contre mon esperance,
Auec la mesme Amour & la mesme Constance :
Tu seras à moy seule, en dépit du Destin,
Et de tous les sermens que i'ay faits ce matin.
Mais las ! apres cela que deuiendra Crisante ?
Pourray-je effrontément deceuoir son attente,
Apres m'auoir traittée auec tant de douceur,
Apres m'auoir aymee à l'égal de sa sœur,
Pourray-je bien souffrir qu'elle soit abusée,
Et qu'elle serue apres à chacun de risée ?
Non, non, tu l'as promis, elle s'attend à toy.
Mais ne dois-je pas moins à Crisante qu'à moy ?
I'ay promis, il est vray, mais quoy qu'elle suppose,
Elle m'auoit aussi promis la mesme chose,

Quoy qu'elle ne sçeuſt pas, & qu'elle ignore encor
Que ce qu'elle m'offroit eſtoit mon Lucidor.
Peut-elle donc m'oſter, quoy qu'elle ſoit Maiſtreſſe,
Ce qu'elle m'a donné pour prix de ma promeſſe?
Quand ie devrois auoir les Dieux pour ennemis,
Criſante me tiendra ce qu'elle m'a promis.
Mais elle a ſceu de moy qu'en ce malheur extréme
Ie ne puis la ſeruir ſans perdre ce que i'ayme,
Et i'ay promis pourtant d'accomplir ſes deſirs
Contre mon intereſt , ma vie & mes plaiſirs.
Que reſoudray-je? ô Dieux! i'ay l'ame combatuë
De mille paſſions dont la moindre me tuë;
La Crainte , le Reſpect, la Conſtance , l'Eſpoir,
La Haine , la Pitié , l'Amour & le Deuoir.
Il faut tuer Criſante, ou ſans plus de demeure,
Et ſans remede aucun il faudra que ie meure;
Dans ces extremitez qui peut me ſecourir?
Ie ne ſçaurois tuer, & ne veux pas mourir,
Pouuant viure à preſent bienheureuſe & contente.
Mais ſans plus conſulter allons trouuer Criſante,
Oyons auparauant ce qu'elle nous dira ,
Et peut-eſtre qu'apres le Ciel m'inſpirera.
La porte de deuant eſt cloſe, ce me ſemble;
Criſante & Lucidor ſeroient-ils bien enſemble
Las! i'en tremble de peur , & ie n'oſe appeller.

SCENE III.

CRISANTE, FLORANTE.

CRISANTE à la fenestre.

EST-ce pas toy, Dorise?

FLORANTE.

Ouy, qui vous veux parler,
Madame, & vous donner vne bonne nouuelle.

CRISANTE.

Ie voudrois estre morte, Ah Dieux! que me dit-elle?
Dorise, c'est en vain, tes soins sont superflus,
Ie desirois tantost ce que ie ne veux plus,
Non, car ie ne le puis, ie suis hors d'esperance,
D'auoir de mes desirs iamais la iouyssance
Il ne t'importe pas de t'informer pourquoy,
Sçache que Lucidor ne peut plus estre à moy,
C'en est faict.

K iij

FLORANTE.

Ce malheur n'a point de remede?

CRISANTE.

Elle fer‑
me la fe‑
neſtre.
Helas ! à mon malheur tout autre malheur cede.
Adieu ie ne puis pas eſtre ici plus long-temps.

FLORANTE ſeule.

Quel bien ineſperé rend mes deſirs contents?
Vous auez, iuſtes Dieux, exaucé mes prieres,
Ah que vous me comblez de graces ſingulieres!
Iouyſſons du bonheur qui de preſent nous ſuit
Et tirons vn beau iour de cette obſcure nuit.
Que fais-tu, Lucidor? ton eſprit ſe tourmente,
Et contre ton eſpoir ta Maiſtreſſe eſt viuante,
Par tout elle te cherche. Eh quoy! ne veux-tu pas
Pour contenter tes yeux dreſſer ici tes pas?
Vien mon cœur, tu verras que ie ſuis toute preſte
D'auoüer franchement que ie ſuis ta conqueſte,
Que ie ſuis cet objet que tu veux reuerer,
Puis qu'à preſent ſans peur ie me puis declarer.
Lucidor
ſort.
Mais le voici qui vient, il me ſemble en colere,
Tirons-nous à l'écart, voyons ce qu'il veut faire.

SCENE IV.

ADRASTE, LVCIDOR, FLORANTE.

ADRASTE.

COnsiderez un peu par quelle inuention
Ils venoient tous à bout de leur pretension?
Sans heur vous n'eußiez peu iamais vous en defendre.

LVCIDOR.

Il suffit que ie sçais à qui ie m'en dois prendre,
Ie leur feray bien voir qu'auec impunité
On ne trompa iamais ceux de ma qualité,
Ie sçay bien comme il faut punir leur insolence,

ADRASTE.

Gardez-vous bien d'agir auecque violence,
Nous sommes estrangers, ils sont dans leur maison.

LVCIDOR.

Pour cela ne pourray-je en auoir ma raison?

Pensez-vous qu'on refuse à me rendre Iustice?
Vit-on en ce païs sans ordre & sans police?
Ils sont bien hors du sens de croire qu'aisément
On puisse m'abuser par vn déguisement;
Et pour venir à bout de leur ialouse enuie,
De me persuader que LES MORTS soient EN VIE.

FLORANTE bas.

Pourquoy dit-il cela? ie ne le comprens pas,
Monstrons-nous hardiment.

ADRASTE.

                    Pourquoy donc de ce pas
N'allons nous accomplir cet heureux Mariage?
Pourquoy desirez-vous differer dauantage?
Allons trouuer Crisante, & luy faisons sçauoir
Qu'en vain ils ont voulu destruire vostre espoir.

FLORANTE bas.

Ie ne sçay que penser, ce silence me tuë,
Lucidor ne dit mot, & pourtant il m'a veuë.

LVCIDOR.

Adraste, voyez-vous ce rauissant objet,
Vous auois-je pas dit,

ADRASTE.

                    Il est vray qu'en effet

On n'a iamais rien veu si semblable à Florante.

LVCIDOR à Florante.

Dorize, de ce pas ie m'en vais chez Crisante,
Afin de contenter tes desirs & les siens.

FLORANTE.

Que diriez-vous, Monsieur, si des lieux d'où ie viens
Ie rapportois pour vous vne bonne nouuelle?
Si Florante viuoit, luy seriez-vous fidelle?

LVCIDOR.

Si Florante viuoit? Dorise, réves-tu?

FLORANTE bas.

Il me faut découurir, ou bien tout est perdu.
Non, non, n'en doutez plus, il est vray que Florante,
Quoy que vous l'ignoriez, est à present viuante,
Elle pleint vostre peine, & vous en veut tirer.

LVCIDOR à Adraste.

Adraste, escoutez-vous? ie l'oserois iurer,
Elle est auec ceux-ci de la fourbe complice.

ADRASTE à Lucidor.

Il n'en faut point douter; mais voyez l'artifice.

L

LVCIDOR à Adraſte.

Ayant appris de moy, que tres-excellemment
Elle auoit imité Florante, aſſeurement
Que pour vn peu d'argent elle s'eſt enhardie
D'auoir auſſi ſon role en cette Comedie,
Il n'en faut point douter, le fait eſt apparent.

FLORANTE bas.

Il eſt temps de parler, le peril eſt trop grand.

LVCIDOR à Florante.

Doriſe, as-tu pas dit que Florante eſt en vie?

FLORANTE.

Ie vous le dis encor.

LVCIDOR.

Mon ame en eſt rauie.
Fay la moy voir.

FLORANTE.

Les yeux vous manquent au beſoin:
Ouurez-les, voyez-là, vous n'en eſtes pas loin.

LVCIDOR.

Puis que ie ſuis ſi prez de la beauté que i'ayme,
Ie ne ſçaurois douter que cè ne ſoit toy-meſme,

Est-il vray? qui t'empesche à present de parler?

FLORANTE.

Ouy, mon cher Lucidor, ie ne le puis celer.

LVCIDOR.

Sors de deuant mes yeux gueuse, infame, impudente,
Deuant toy dés ce soir i'espouseray Crisante,
En dépit des ialoux, & de ces effrontez,
De ces morts imposteurs qui sont ressuscitez,
De ceux dont auiourd'huy l'insolence me braue
Sous les noms empruntez de Iancole, d'Esclaue,
D'vn infame valet, d'vn chetif pelerin,
Mais i'en veux plus qu'à tous au gueux de Palmerin.
Toy, croy sans le respect de cette ressemblance
Que i'aurois chastié desia ton impudence.
Mais quand ie le voudrois ie ne le pourrois pas,
Ton visage me charme, & me retient les bras.

FLORANTE.

Ah Lucidor! ayez pitié de ma misere.

LVCIDOR.

Sors, & ne me mets pas dauantage en colere.

Elle sor
en pleu-
rant.

SCENE V.

ADRASTE, LVCIDOR, CRISANTE, TERSANDRE.

ADRASTE.

V It-on iamais vn tour plus subtil que le leur,
Et qu'on ait découuert auec plus de bonheur?

LVCIDOR.

Nous sommes grandement obligez, à Filandre,
Asseurément sans luy nous nous laissions surprendre.

ADRASTE.

Qui l'a dit à Filandre?

LVCIDOR.

Argante sans penser
Qu'il fust connu de nous l'a dit pour se gausser.

ADRASTE.

Et de cette autre fourbe encore , que vous en semble?
Cet objet qui si fort à l'autre objet ressemble
Vous euft-il pas surpris ? & fait croire aisément
Que Florante viuoit sous ce déguisement.

LVCIDOR.

Non, non, ne croyez pas qu'aysément on m'abuse :
A present qu'elle sçait que ie cognoy sa ruse,
Elle n'osera plus , ainsi comme ie croy,
Auec ces faux tesmoins paroistre deuant moy.
Mais laissons ce discours, allons trouuer Crisante.

ADRASTE.

Dieux que ie suis raui, que mon ame est contente,
Cette melancolie, & ce fascheux ennuy
Qui luy troubloient l'esprit font finis auiourd'huy,
Son plaisir va renaistre, & sa tristesse est morte.

LVCIDOR.

Que vous en semble, Adraste? on a fermé la porte,

Que veut dire cela ?

ADRASTE.

Frappez, que craignez-vous ?
De rompre la maison ?

LVCIDOR.

I'ay frappé plusieurs coups,
Et l'on ne respond point.

CRISANTE à la fenestre.

Qui frappe ?

LVCIDOR.

Ouurez, Madame,
C'est moy.

CRISANTE.

Vous Lucidor ? iustes Dieux ie me pasme.
Sortez d'icy de grace, & n'y reuenez plus.

Terfan-
dre arri-
ue vestu
en pele-
rin.

LVCIDOR.

Madame refusez-vous ? i'ay l'esprit tout confus.

TERSANDRE bas.

Ah ie vous y surprens !

CRISANTE.

Le voila qui m'a veuë,
Sortez viste impudents, ah Dieu ie suis perduë.

TERSANDRE bas.

On me l'auoit bien dit, mais pourtant i'en doutois.

CRISANTE leur fermant la feneftre au nez.

Vous le diray-je encor pour la seconde fois ?

LVCIDOR.

Ie suis tout hors de moy, tant ce discours m'eftonne.

TERSANDRE bas.

Ma femme a des muguets à present s'abandonne,
En me voyant paroiftre elle a rentré dedans,
A fermé la feneftre & braué ces galans.

ADRASTE à Lucidor.

Non, non, que voftre esprit de tout poinct se confole,
Sans doute elle aura creu la fourbe de l'ancole,
Et c'eft ce qui l'a faict ainfi vous mal traiter.

LVCIDOR.

Dieux à quoy resuions-nous ? il n'en faut plus douter.

ADRASTE.

Quoy s'il en faut douter, tournez un peu visage,
Vous verrez deuant vous ce braue personnage,
Ce coquin, ce lancole.

LVCIDOR.

Ah ! sans doute il le faut ?
Battons iusqu'au mourir cet insigne maraut,
Qui veut effrontément s'opposer à ma gloire.

TERSANDRE bas.

Mais seroit-ce bien luy, non ie ne le puis croire,
Ce n'est point le galant qui l'espouse à ce soir,
Veu le mauuais accueil qu'il vient de receuoir,
Mais c'est qu'elle l'a fait à dessein, l'impudente,
Parce qu'elle m'a veu, la ruse est excellente.
Mais non, ie ne suis pas si facile à tromper.

ADRASTE à Lucidor.

Il void bien qu'il est pris, & voudroit eschaper,
Voyons comme il fera pour passer pour Tersandre.

TERSANDRE bas.

Que me veulent ces gens ! ie ne les puis entendre ?

LVCIDOR à Tersandre.

Mon Amy venez çà, d'où venez-vous ainsi ?
Quelle affaire auez-vous ? que cherchez-vous icy ?

Ne

Ne vous eſtonnez point.

TERSANDRE.

Pourquoy m'eſtonnerois-je?

LVCIDOR.

Non, non, ne craignez rien.

TERSANDRE.

Moy? pourquoy vous craindrois-je?

LVCIDOR.

Que faites-vous icy?

TERSANDRE.

Mais pour quelle raiſon?
Qui vous meut à cela? ie vais à ma maiſon,
Au logis de Criſante, en auez-vous affaire?
Que vous importe-t'il?

LVCIDOR.

Il n'eſt pas neceſſaire,
Pour demander l'aumoſne adreſſez-vous à nous,
Ie vous la donneray moy qui ſuis ſon eſpoux.

ADRASTE bas..

Nous verrons à preſent quelle eſt ton induſtrie.

M

TERSANDRE.

Son espoux, ce discours passe la raillerie,
Crisante n'eut iamais d'autre mary que moy,
Si vous me cognoißiez, asseurement ie croy
Que vous me traitteriez auec moins d'arrogance.

LVCIDOR.

Excusez s'il vous plaist, Monsieur, nostre ignorance;
Vous estes donc Tersandre? Ah! qui l'eust peu penser!
Passez donc s'il vous plaist.

TERSANDRE.

                    Ouy, ouy, ie vay passer.
Voyez qu'il fait mauuais par fois de se méprendre,
Et de se trop haster.

LVCIDOR.

                    Tenez, Monsieur Tersandre.

TERSANDRE.

Comment? vous m'affrontez ; quelle audace est-ce ci?
Vous auez l'aduantage, & les armes ici,
Traistres, en autre lieu ie sçaurois vous répondre.

LVCIDOR.

I'atteste tous les Dieux qui te puißent confondre,

En passât
Lucidor
luy don-
ne vn
coup de
pied par
derriere.

Si tu dis vn seul mot, & si tout promptement
Tu ne vas dépoüiller ce feint habillement.
Et si tu ne t'en vas tout à l'heure à Salerne,
Deuant peu tu sçauras comme ie me gouuerne,
Et quand on m'a fasché ce que pese mon bras.

TERSANDRE.

Vous mocquez-vous de moy?

LVCIDOR.

Ne me replique pas.

TERSANDRE.

Comment? m'assassiner encor à force ouuerte?

ADRASTE.

Iancole ne dy mot, la fourbe est découuerte,
Nous te cognoissons bien, retire-toy d'icy,
Si ton inuention ne t'a pas reüßi,
Si nous auons si tost cogneu ton artifice,
Va dire à Palmerin, à Leandre & Fabrice
Que peut-estre ils pourroient bien-tost s'en repentir,
Qu'ils nous laissent en paix, s'ils ne veulent sentir
Ce qu'en nous peut l'excez d'vne iuste colere.

TERSANDRE bas.

Ie creue de despit, ie meurs, ie desespere.

LVCIDOR.

Ie n'en veux pas à toy, qui n'és rien qu'vn brutal,
Qui ne peux m'offenser n'eſtant pas mon égal.
Mais pour te détromper, ſçache en vne parole,
Que ie te cognoy bien, tu t'appelles Iancole,
Ie ſuis plus fin que toy, car i'ay ſceu t'attraper,
Tu viens en cet habit exprez pour me tromper,
Entends-tu maintenant, & pour mieux me ſurprendre
Tu t'és imaginé de paſſer pour Terſandre,
T'en ay-je dit aſſez; pour Leandre dy luy,
Qu'il ne ſe meſle plus des affaires d'autruy;
Qu'il ne pretende point vne gloire vſurpée,
Autrement il verra ce que peut cette eſpée.
Allons, & ſois Terſandre autant que tu voudras.

TERSANDRE.

Ie ſuis tout hors de moy.

LVCIDOR.

      Mais allez de ce pas
Adraſte, ie vous prie en aduertir Criſante,
Dites-luy comme i'ay ruiné leur attente,
Que ie me plains fort d'elle, & que i'en ay raiſon,
De m'auoir ſans ſujet chaſſé de ſa maiſon:
Qu'elle ne deuoit pas me traitter de la ſorte,
Là, c'eſt perdre ſon temps, entrez par l'autre porte,

Car iusques à demain vous fraperiez ici.

ADRASTE.

Sans doute i'entreray, laiffez-m'en le fouci.

Adrafte
s'en va
par vn
cofté &
Lucidor
par l'au-
tre, &
Terfan-
dre de-
meure.

SCENE VI.

TERSANDRE, FLORANTE.

TERSANDRE feul.

GRands Dieux! fi i'auois veu la foudre toute prefte
De tomber fur mon chef, & d'ecrafer ma tefte,
I'en aurois eu ie croy bien moins d'eftonnement :
A-t'on iamais parlé d'vn tel éuenement ?
A qui fit-on iamais vne telle iniuftice ?
Se mocquent-ils de moy par Leandre & Fabrice ?
Mais quel eft ce Iancole? & quel fort auiourd'huy
Me fait eftre garand des fottifes d'autruy ?
Ne fuffifoit-il point miferable Terfandre,
D'auoir fouffert des maux que nul ne peut comprendre ?
D'auoir fur les chemins efté deualifé ?
De me voir en màraut à prefent deguisé ?
D'auoir à mes deffeins rencontré cent obftacles ?
Que Dieu pour me fauuer ait fait tant de miracles ?

M iij

Sans qu'il faille auiourd'huy que deuant ma maison
On m'outrage, on me frappe, & mesme sans raison?
Si i'entre chez ma femme, & qu'elle ait l'impudence
D'authoriser aussi cette mécognoissance,
N'auray-je pas sujet de me desesperer?
Qu'est-il besoin ici de plus deliberer?
Ie serois d'vn chacun la risee & la fable.
Frappons à ce logis, quelque valet d'establc
Me pourra recognoistre. Ouurez.

FLORANTE.

                    Que voulez-vous ?
Que cherchez-vous ceans?

TERSANDRE bas.

              Auec tout mon courroux,
Ie suis rauy de voir vn si parfait visage.

FLORANTE.

Parlez, si vous voulez.

TERSANDRE.

                Si i'auois l'aduantage
D'estre cognu de toy, ie dirois qui ie suis;
Mais i'ay peur que pour croistre encor plus mes ennuis
Tu ne feignes aussi de ne me pas cognoistre.

FLORANTE bas.

Ah ie sçay bien qui c'est ! sans doute c'est le traistre,
C'est ce feint pelerin qui vouloit auiourd'huy
Qu'on le prit pour Tersandre, & veut passer pour luy.
Il est venu sans doute ici pour me surprendre.
Quel est donc vostre nom ?

TERSANDRE.

On m'appelle Tersandre,
Le mary de Crisante, & si l'on n'en croid rien,
On me prend pour vn autre.

FLORANTE bas.

Ah ! ie m'en doutois bien.
Certes on a raison d'auoir cette croyance,
On devroit chastier vne telle impudence.
Vous vous nommez Iancole, & vous taschez en vain
De tromper Lucidor, & rompre son dessein.

TERSANDRE bas.

Ce discours m'est enfin du tout insupportable.
Ouy, ie suis ce Iancole, il est tres-veritable,
Que sert de disputer plus long-temps là dessus ?
I'estois tantost Tersandre, & ie ne le suis plus.
Ie suis tout hors de moy ; seroit-ce bien ma femme
Qui m'a ioüé ce tour ? Ouy, ie croy que l'infame

A voulu se seruir de cette inuention
Pour venir au dessus de sa pretention,
Et qu'elle a desiré d'vser de cette ruse
Pour tenir son galand auecque cette excuse.
Encor pourroient-ils bien auoir quelque raison,
Si i'eusse esté dix ans absent de ma maison;
Ie ne les voudrois point accuser d'iniustice;
Et me consolerois sur ce qu'on dit d'Vlysse;
Mais à peine ay-je esté trois mois hors de chez moy,
Et l'on me mécognoist.

SCENE VII.

PALMERIN, TERSANDRE, FLORANTE.

PALMERIN.

LE voila, ie le voy,
Ie m'estonnois qu'il fust si long-temps à paroistre:
Allons le salüer. Tersandre, mon cher Maistre,
J'ay sceu tous les hazards que vous auez couru,
Vous vous estes sauué, iustes Dieux qui l'eust creu !
Ie doute sans mentir que ie mourray de ioye
Dans l'extresme bonheur que le Ciel nous enuoye.

Ah

Ah Dieux! que vous venez en ces lieux à propos
Pour essuyer mes pleurs & me mettre en repos:
Ie n'ose dire mot, encore qu'on vous offence,
Tant ce nouuel espoux prend ici de licence.

TERSANDRE.

Ie suis, graces aux Dieux, à present recognu:
On m'a desia parlé de ce nouueau venu;
Mais laisse-m'en le soin; Palmerin ie te iure
Que ie me sçauray bien vanger de cette iniure:
Et que ie puniray ceux qui m'ont desserui.

PALMERIN bas.

Iancole, feint des mieux, Dieux que i'en suis raui!
Pour toy l'on t'ostera bien-tost la hardiesse
Que depuis ce matin t'a donné ta Maistresse.

TERSANDRE.

Tay-toy, ne luy dis mot, & la fais retirer.

PALMERIN.

Qu'on rentre là dedans.

FLORANTE en entrant bàs.

Puis-je encor esperer?
Lucidor s'est trompé, tout de bon c'est Tersandre,
Il n'en faut plus douter, il s'est laissé surprendre.
Grands Dieux! me rendrez-vous bien-heureuse à la fin?

SCENE VIII.

TERSANDRE, PALMERIN.

TERSANDRE.

L'*Euſſes-tu iamais creu? qu'en dis-tu Palmerin?*

PALMERIN.

C'eſt de cette façon que i'eſtime les hommes,
On en void peu de tels en ce ſiecle où nous ſommes.

TERSANDRE.

C'eſt auoir beaucoup fait, & la choſe ie croy
Auroit manqué ſans doute à tout autre qu'à moy.

PALMERIN.

Tu vaux ton peſant d'or à qui te ſçait cognoiſtre;
Et reſſembles ſi fort à Terſandre mon Maiſtre,
Que ſi l'on ne m'euſt dit cette fourbe auiourd'huy,
Croy moy qu'aſſeurement ie t'aurois pris pour luy.

TERSANDRE bas.

Qui pourray-je en ce poinct trouuer qui me conſole
Si ceſtui-ci me prend encore pour Iancole?

Ie deſeſpereray. Qui ſuis-je donc dy-moy?

PALMERIN.

Diable ſoit le maraut, n'en parles plus tay-toy,
Tout Naples en eſt plein; retirons-nous en haſte,
De peur que pour tarder cette affaire n'éclate,
Et qu'vn Ami ſçachant ce qui t'eſt ſuruenu,
N'ait deſſein de venir voir ce nouueau venu;
Car lors facilement on te pourroit cognoiſtre.

TERSANDRE.

Palmerin, eſt-ce ainſi qu'il faut traiter ſon Maiſtre?
Tu paroiſſois tantoſt parler de fort bon ſens,
Songe à ce que tu dis, voy que tu te méprens.

PALMERIN.

Vien prendre tes habits en la maiſon d'Argante.

TERSANDRE.

Mes habits? les a-t'on ſauuez de la tourmente?

PALMERIN.

As-tu deſſein, dy moy, de me faire enrager?

TERSANDRE.

Palmerin ſonge à toy, ne croy point de leger:
Regarde qui ie ſuis.

PALMERIN.

Pourrois-je me meſprendre?
I'ay peur que tout de bon.

TERSANDRE.

Tout de bon, c'eſt Terſandre,
C'eſt ton Maiſtre, voy le; Quoy? tu me mécognois:
Il hauſſe Tien pren garde à ce coup que tu m'as veu cent fois,
ſa man- Et que tu m'as penſé; Souuien toy de l'affaire
che. Que lors que ie party ie t'enchargé de faire
Pour le Comte d'Arſy, que nul ne ſçait que moy.

PALMERIN.

Terſandre, mon cher Maiſtre, ah! ie vous recognoy.
Quel prodige eſt-ce ci? grands Dieux quelle apparence
De vous reuoir viuant contre toute eſperance?
Et ce qui plus encor me fait eſmerueiller,
Et me met hors de moy, c'eſt que pour nous railler
Ayant dedans l'eſprit l'intrigue d'vn Iancole,
Ie vous ay mécognu. Mais ce qui me conſole
Eſt que non ſeulement vous me pardonnerez,
I'en ſuis tres-aſſeuré, mais que vous en rirez.

TERSANDRE.

Il doit eſtre excellent, ſi tu me vouloïs prendre
Pour ce Iancole, apres m'auoir pris pour Terſandre;
Tu me le conteras: Fay-moy deuant ſçauoir

Quelle est cette beauté qu'icy ie viens de voir,
Dont les charmans attraits m'ont esbloüy la veuë.

PALMERIN.

On me l'a dans ce port depuis dix iours venduë.

TERSANDRE.

Que t'a-t'elle cousté?

PALMERIN.

Plus de deux cens escus.

TERSANDRE.

Tu l'as trop peu payee, elle vaut beaucoup plus ;
Elle est tres-agreable, & parfaitement belle,
Entens-tu ie me veux resioüyr auec elle,
Ie n'iray pas chez moy pour ce soir, Palmerin,
Ie veux l'entretenir vn peu dans mon iardin,
I'y vay deuant de peur que ma femme le sçache,
Emmeine-l'y.

Tersan-
dre s'en
va.

PALMERIN.

I'ay peur que Madame s'en fasche ;
Mais quoi vous estes Maistre, il vous faut obeïr,
Quand ie serois certain qu'elle m'en deust haïr.
Sors promptement, Dorise.

Florant
sort.

N iij

FLORANTE bas.

Ah Dieux! que i'apprehende.

PALMERIN.

Suy-moy droit au jardin, mon Maiſtre t'y demande.

FLORANTE bas en s'en allant.

Iuſtes Dieux qui voyez les peines où ie ſuis,
Oſtez-moy de ce monde, ou chaſſez mes ennuis.

Fin du quatrieſme Acte.

ACTE V.
SCENE PREMIERE.

LVCIDOR, FILANDRE.

LVCIDOR seul.

QVE sera deuenu ce Mort viuant? ce drosle?
Ce gueux ressuscité? ce pendart de lancole?
Ou se sera-t'il mis cet insigne affronteur?
Ie ne luy feray point la moitié de la peur.
S'il entre chez Crisante ainsi qu'il vouloit faire,
Il verra ce que peut vn excez de colere.
Pour les autres fauteurs de cette lascheté,
Ie sçauray les traiter comme ils ont merité.
Crisante se sera que ie croy repentie,
A cette heure qu'elle est de la fourbe aduertie,
Ie croy qu'elle ouurira.

Filandre
suruient.

FILANDRE.

Dieux! tout estoit perdu.

Lucidor, Lucidor.

LVCIDOR.

                    Filandre, que veux-tu?
Qui te fait m'aborder auec cette furie?

FILANDRE.

N'allez pas plus auant, Monsieur, ie vous en prie;
En croyant vous seruir i'ay pensé tout gaster.

LVCIDOR.

Que dis-tu?

FILANDRE.

                    Lucidor, il n'en faut point douter;
Ce miracle est estrange, escoutez vne histoire
Veritable en effect, mais difficile à croire.
Ce Tersandre noyé que nous auons creu mort,
Est reuenu ce soir vif, & sain dans ce port.
Mais ce qui plus m'estonne & m'oste la parole,
C'est qu'il est reuenu vestu comme lancole
En pelerin, ainsi qu'on l'auoit déguisé.

LVCIDOR.

Quelqu'vn plus fin que toy, t'a sans doute abusé.

FILANDRE.

Non, non, en ce fait là l'on ne m'a peu surprendre;
Car

Car tenez pour certain que c'est le vray Terfandre,
Ie n'en croy que mes yeux. Außi-toft qu'il m'a veu,
Luy-mefme le premier d'abord m'a recognu,
Il m'a dit qu'il auoit enduré mille iniures,
Et qu'il me conteroit toutes fes aduantures:
Et pour faire fçauoir que c'est la verité
Qu'il eft viuant, & fain, dont plufieurs ont douté,
Il m'a mis fur le champ entre les mains ce gage,
Que feul il auoit peu preferuer du naufrage,
Vne medaille d'or, que fa chere moitié
Luy donna l'efpoufant en figne d'amitié,
Qu'il portoit à fon col, & que cent fois i'ay veuë.
M'ayant quitté fur l'heure, & redoutant l'iffuë,
I'ay creu d'vn tel peril vous deuoir garantir,
Ie vous cherchois par tout pour vous en aduertir.

LVCIDOR.

Ie rends graces au Ciel qu'en cette amour ardante,
Il ne s'eft rien pàffé de mal auec Crifante,
Le Ciel dans mes refus m'a fans doute infpiré:
Ie preuoyois le mal, & i'euffe bien iuré
Qu'vn tel Amour rendroit fa flame criminelle;
Mais Adrafte tantoft deuoit aller chez elle
Pour luy conter la fourbe, & pour la confoler.

FILANDRE.

Y feroit-il encor ? il le faut appeller,
Allons-y de ce pas, fans que plus on differe.

SCENE II.

LVCIDOR, ADRASTE, CRISANTE, FILANDRE.

LVCIDOR.

Crisante sur la porte auec Adraste.

*N*On, le voici qui sort, il n'est pas necessaire.

ADRASTE à Crisante.

Madame, asseurément ie l'emmeine chez vous.

CRISANTE.

Estes-vous bien certain d'appaiser son courroux ?
Et qu'il excusera la faute que i'ay faite ?

ADRASTE.

Madame, croyez-moy vous serez satisfaite.

CRISANTE.

Mon cœur qui ne ment point en semblables projets
Me dit qu'asseurement ie le perds pour iamais.

ADRASTE.

Pourquoy ?

CRISANTE.

Que ſçay-je moy? cette boüillante enuie,
D'eſtre à moy, qu'il n'auoit iamais euë en ſa vie,
Me fait apprehender qu'il ne ſoit mort pour moy.

ADRASTE.

Ah! vous lui faites tort de douter de ſa foy.

LVCIDOR à Filandre.

Ie m'en vay lui conter cette triſte nouuelle,
Et ſur ce ſujet prendre vn dernier congé d'elle,
En la remerciant de tant d'honneurs receus.

FILANDRE à Lucidor.

Elle ne ſçauroit pas conteſter là deſſus,
Remonſtrez-luy qu'en vain ſon eſprit ſe trauaille,
Et pour l'en aſſeurer prenez cette medaille,
Elle la cognoiſtra, ie vous attends ici.

LVCIDOR.

Ie feray ce qu'il faut , laiſſe-m'en le ſouci.

ADRASTE à Criſante.

Le voici.

Adraſte
entretiét
Criſante
bas.

O ij

CRISANTE à Lucidor.

Lucidor vous auez fait épandre,
Vous mesme que ie croy, le faux bruit de Terſandre,
Afin d'auoir ſuiet de me manquer de foy,
Et de me reprocher qu'il n'a tenu qu'à moy.

LVCIDOR.

Mais ſi ce qu'on en dit eſtoit bien veritable ?

CRISANTE.

A-t'on iamais, Adraſte, ouy rien de ſemblable ?
Pouuez-vous bien l'ouyr ſans me faire raiſon
De cette deſloyale, & laſche trahiſon ?

LVCIDOR.

Sans doute il ſeroit vray ſans ce faſcheux obſtacle,
Si l'on n'auoit point veu paroiſtre vn tel miracle.

CRISANTE.

Si Terſandre eſt viuant, que fait-il ? & pourquoy
Sans vouloir ſe monſtrer ſe cache-t'il de moy ?
Quelle preuue auez-vous qui m'en rende certaine ?

LVCIDOR.

Ce gage que voici vous tirera de peine.

CRISANTE.

Dieux ! il est de Tersandre.

LVCIDOR.

        Adieu ie prens congé,
Protestant de vous estre à iamais obligé.
Ie pars auec regret.

CRISANTE.

        Lucidor, tu me quittes,
Pourquoy me parus-tu plein de tant de merites ?
Ah ! iour vrayement fatal, ie ne sçay si ie doy
Le dire bien-heureux, ou mal-heureux pour moy.

LVCIDOR.

Adieu, consolez-vous, ie suis tout seul à plaindre.
Adieu, i'ay tout perdu, ie n'ay plus rien à craindre.
Las si vous me perdez aumoins recouurez-vous
Vn qui vous possedoit en qualité d'espoux.
Mais qui peut consoler l'excez de ma tristesse ?
Ie vous perds, sans pouuoir recouurer ma Maistresse.

CRISANTE.

Lucidor, vous voyez quelle est ma passion,
Ces pleurs que ie respands à vostre occasion,
Monstrent que ie suis femme, & plus encor que i'aime
Vos rares qualitez à l'egal de moy-mesme.

Adieu, souuenez-vous de ma ferme amitié.

LVCIDOR.

Sans mentir ie la plains, elle me fait pitié.

ADRASTE.

Lucidor, il faudra vous tenir sur vos gardes,
Et faire qu'au plutost on transporte vos hardes.
Faites donc que Filandre en prenne le souci.

LVCIDOR.

Allons, il nous attend, il n'est pas loing d'ici.

SCENE III.

PAMPHILE, CRISANTE.

PAMPHILE.

IL me faut depescher, ie sens l'heure qui presse,
Allons-y de ce pas. Mais ie voy ma Maistresse.

CRISANTE.

Pamphile, que veux-tu?

PAMPHILE.

Receuez, s'il vous plaift

Cet efcrit de Dorize.

CRISANTE.

Il faut voir ce que c'eft.

Lettre de Florante à Crifante.

Crifante
lit.

PVis que ie voy, Madame, & que le Ciel l'ordonne,
Que contre fon ferment Lucidor m'abandonne,
De qui feul i'efperois receuoir du fupport.
Dans cette extremité s'il faut que ma Maiftreffe,
Ainfi comme il a fait maintenant me delaiffe,
Ie ne puis deformais efperer qu'en la mort.

Terfandre eft reuenu, ce n'eft point vne fable,
Si ie refifte encor à fon deffein damnable,
Ie ne puis éuiter l'effect de fon courroux,
Il nous menace tous, cherchez vn prompt remede,
Et fauuant Lucidor, affiftez de voftre ayde
Voftre efclaue qui n'ofe efperer plus qu'en vous.

Florante, qui paroift fous le nom de Dorife,
A prefent voftre efclaue.

CRISANTE.

O fille bien apprife!

Le Ciel me gardoit-il ce precieux trefor,
De mettre entre mes mains le cœur de Lucidor?
Que mon Ame eft contente, & que ie fuis rauie
En luy reftituant de luy donner la vie.

PAMPHILE.

Terfandre a fur Dorife vn eftrange deffein.

CRISANTE.

Pamphile affeure toy que ie le rendray vain,
Retourne la trouuer, & de ma part l'affeure
Qu'elle fera contente auant qu'il foit vne heure;
Tu cognois Lucidor, fi tu le vois, dy luy
Qu'il m'enuoye auffi-toft Filandre, & qu'auiourd'huy
Ie le rendray content, fi iamais il fut trifte.

SCENE IV.

LVCIDOR, ARISTE, ADRASTE, FILANDRE.

LVCIDOR.

ET *ne t'a-t'elle dit rien autre chofe, Arifte?*

ARISTE.

ARISTE.

Ie vous dis que iamais elle n'eut le loisir
De pouuoir sur ce poinct contenter mon desir,
Ainsi comme i'entrois par la porte Royale
I'ay trouué cette fille en beauté sans égale,
I'ay passé sans parler, si tost qu'elle m'a veu,
Elle m'a, me nommant, surpris à l'impourueu;
Adieu, m'a-t'elle dit, estant toute transie,
Va dire à Lucidor que ie le remercie
Du fauorable accueil qu'il m'a fait auiourd'huy,
Et que ie l'aduertis qu'il prenne garde à luy.
Moy, sur le champ surpris de cette estrange veüe,
Ie demeure immobile ainsi qu'vne statuë;
I'ay recognu Florante, & sceu d'elle en trois mots,
Comme alors elle put se guarantir des flots:
Elle auoit commencé de me conter l'histoire,
Qu'on ne l'y ietta point, comme on nous fit accroire,
Mais vn autre au lieu d'elle, auec son mesme habit;
Et voulant plus au long sçauoir comme elle fit,
Celuy qui l'a menoit s'estant mis en colere,
La frappant, m'enuoya poursuiure mon affaire.
Mais c'est elle, Monsieur, n'en doutez nullement,
Et que nous la pouuons recouurér aisement,
Ne perdons point de temps, allons-y tout à l'heure,
I'ay remarqué l'endroit, & sans plus de demeure,
Ie vous ay fait chercher pour vous en aduertir.

LVCIDOR.

Dieux ! qui de ces malheurs me pourra garantir ?
Et qu'ay-ie fait, si c'est l'esclaue de Crisante ?

ADRASTE.

Vostre esprit sans raison sur ce poinct se tourmente,
Allons, nous apprendrons de Filandre aysement
Si c'est elle en effect, ou quelque enchantement.

FILANDRE.

N'en doutez nullement, non, non, laissez-moy faire.

LVCIDOR.

Grands Dieux ! vueilliez à bien conduire cet affaire.

SCENE V.

TERSANDRE, CRISANTE.

TERSANDRE seul.

Elle m'a refusé, mais ie luy feray voir
Que ie la sçauray bien reduire à son deuoir ;
Ie ne souffriray point qu'vne insolente esclaue,
Choquant mes sentimens dans ma maison me braue ;

Puis que ie n'ay peu rien, ie retourne chez moy;
Mais que dira ma femme? Ah! sans doute ie croy
Quoy qu'elle ait témoigné qu'elle m'est infidelle,
Qu'il me faudra par force accorder auec elle:
Je gage qu'à l'ouyr encor i'auray le tort.
Il n'importe, frapons. Mais la voici qui sort,
Me cognoissez-vous bien?

Crisante
sort.

CRISANTE.

Ah grands Dieux! c'est Tersandre.
Que vois-je? tout de bon i'ay peur de me mesprendre.
Est-ce toy cher mary? ie ne sçay iustes Dieux
Si quelque illusion n'éblouït point mes yeux.
Que i'ay pour ton sujet eu de viues attaintes.

TERSANDRE

Tu penses m'attraper par ces caresses feintes:
Tu me dis ton mary? Non perfide ie croy
Que c'est vn bien plus ieune, & bien plus beau que moy.

CRISANTE.

Laissons-là ces soupçons, ie suis tres-innocente.

TERSANDRE.

Innocente? grands Dieux! voyez cette impudente,
Encor pourrois-tu bien sembler auoir raison,
Si tu l'eusses fait mettre au fond de ta maison,
Ce mignon, ce galand, sans auoir eu l'audace
De luy faire vsurper iniustement ma place,
Le loger dans ta chambre, & peut-estre en ton lict,

P ij

Infame, pour fouler ton brutal appetit.
Pourras-tu maintenant trouuer quelque defenfe?

CRISANTE.

Dy ce que tu voudras, ie fuis en ta puiffance,
Ie ne refifte point, mais pour Dieu, permets moy
Que ie me iuftifie à prefent deuant toy :
Et fi ie ne fais voir que ma raifon eft bonne,
Aux plus cruels tourmens ie veux qu'on m'abandonne.
Oüy.

TERSANDRE.

Dy la verité, ne me déguifes rien,
Car ie veux m'éclaircir fur ce poinct pour ton bien.

CRISANTE.

Tu peux me reprocher, que i'eus la hardieffe
De fauuer ce ieune homme, oüy ie te le confeffe.
Et croy moy fi i'eftois encor à commencer,
Que i'en ferois autant fans croire t'offenfer.
Voudrois-tu mal-heureux donner le nom de vice,
A cette action noble & pleine de Iuftice?
I'ay recueilly chez moy, ie ne le puis nier,
Vn braue Gentilhomme, vn ieune Caualier,
Efchapé du naufrage, & i'en fuis eftimee,
Si ie ne leuffe fait i'en euffe efté blâmee.

TERSANDRE.

Bien, paſſe pour cela : Mais pour quelle raiſon,
L'as-tu publiquement logé dans ta maiſon,
Et publié par tout, Dieux auec quelle audace !

CRISANTE.

Toubeau, laiſſe-moy dire, eſcoute moy de grace,
De plus i'ay de bon cœur voulu qu'il me fuſt ioint
Par vn heureux hymen, ie ne le cele point.
Dois-je eſtre pour cela ſi mal en ton eſtime ?
Ay-je pour ce ſubiet commis vn ſi grand crime ?
Quoy donc ? & ieune & riche, euſſay-je eu ſi grand tort
De me remarier apres t'auoir cru mort,
A l'âge de vingt-ans, auec tout l'auantage
Qu'on dit que la nature a mis ſur mon viſage,
En vn temps ſi meſchant que chacun auiourd'huy
Tend des pieges ſans ceſſe à la pudeur d'autruy,
Rencontrer vn ieune homme, & de noble naiſſance,
Pour eſtre mon appuy, pour eſtre ma defenſe,
Pour eſtre ioint à moy d'vn lien coniugal ?
Quelle eſt cette infamie, où trouues-tu ce mal ?
Et quand i'euſſe mal fait, vn monſtre plein de vice
Euſt-il peu iuſtement en faire la Iuſtice ?

TERSANDRE.

Quel vice ? que dis-tu ?

CRISANTE.

        Fais le dißimulé,
Le Ciel me fauorise, il m'a tout reuelé.
Quoy? n'as-tu point de honte? vn homme de ton âge,
Par euident miracle eschapé du naufrage,
Ayant eu peu s'en faut la mort deuant les yeux,
Au lieu d'aller soudain rendre graces aux Dieux.
Estre auant que me voir iusqu'à ce poinct infame
De vouloir violer l'esclaue de ta femme?
Qui de nous deux a tort, que n'aurois-tu pas fait
A quelque Damoiselle, à quelque obiet parfait,
En pays estranger, en vn temps que la vie
De ta femme à tes yeux auroit esté rauie?
Cela n'est-il pas vray? puis Tersandre, c'est moy
En pleu- *Qui suis la criminelle, & qui manque de foy.*
rant.   *Mais il me faut souffrir, puis que le Ciel l'ordonne.*

TERSANDRE.

Tay toy, n'en parlons plus, va ie te le pardonne.

CRISANTE.

On ne pardonne pas à qui ne peche point.

TERSANDRE.

Faut-il qu'à ton forfait vn tel orgueil soit ioint?
Quand tu serois plus chaste encor que Penelope,
Peux-tu t'imaginer que l'on ne m'enuelope,

Dans les mauuais discours que l'on fera de toy?

CRISANTE.

Non, non, ie ne crains point qu'on en fasse de moy,
Pour preuue de cela, pensez-vous que Leandre
Gentil-homme d'honneur se fust laissé surprendre,
Si i'eusse tant soit peu fait breche à mon honneur?
Mais le voici qui vient.

SCENE VI.

FABRICE, LEANDRE, TERSANDRE, IANCOLE, CRISANTE.

FABRICE.

*L*E *voyez-vous, Monsieur?*

LEANDRE bas.

Dieux! est-il hors du sens? quelle humeur imprudente
Luy fait auoir le front de parler à Crisante?
Feignons le salüer. Que vois-je iustes Dieux?
Dois-je croire en ce poinct, ou dementir mes yeux?
Cher Tersandre est-ce vous?

TERSANDRE bas.

Il me prend pour Iancole,
Oüy, Leandre, c'eſt moy : mais en vne parole,
Ie ſuis le vray Terſandre, & non le ſuppoſé.
Ie ne ſuis point Iancole.

FABRICE bas.

Ah Dieux qu'il eſt ruſé !
Il le fait à deſſein pour mieux couurir la feinte.

IANCOLE bas.

Si ie parois ainſi, ce n'eſt que par contrainte.
I'obeïs à regret.

LEANDRE bas

Mais qu'eſt-ce que ie voy ?
Quel prodige? grands Dieux !

TERSANDRE bas.

Oüy, voila que ie croy
Cet effronté coquin, ce ſuppoſé Terſandre.

LEANDRE bas.

Il n'en faut plus douter, ie commence à comprendre
Que Terſandre eſt viuant, & que cet autre ici
Eſt Iancole en effet.

IAN-

IANCOLE bas.

       Dieux! ie ſuis en ſouci
Quel eſt ce pelerin qui ſi fort me reſſemble?

TERSANDRE à Iancole.

Terſandre approchez-vous, & bien que vous en ſemble?
Doutez-vous ſi Terſandre a peu reſſuſciter?
Puis que nous ſommes deux il n'en faut plus douter.

LEANDRE à Iancole.

Amy retire-toy, la fourbe eſt deſcouuerte,
Terſandre eſt reuenu, ie redoute ta perte.

IANCOLE.

Fuyons ſans conſulter plus long-temps là deſſus,
Et ſoyez aſſeuré qu'on ne m'y reprend plus.

LEANDRE.

Ie m'en fuis auec toy.

TERSANDRE le retenant.

       Non, approchez Leandre,
J'ay, loin de vous blaſmer, des graces à vous rendre,
Vous eſtes trop remply de generoſité
Pour eſtre ſoupçonné d'aucune laſcheté,
Ayant fait vos efforts pour eſpouſer ma femme,
Cette preuue ſuffit pour l'exempter de blaſme.

             Q

LEANDRE.

Pardonnez-moy, Tersandre, & croyez en effect
Que tout autre en ma place eust fait ce que i'ay fait.

TERSANDRE.

N'en parlons plus, Monsieur ; toy ma chere Crisante,
Ie te veux auiourd'huy r'amener ta seruante,
Pardonne moy de grace, & me croy qu'à iamais
Ie te seray fidelle, oüy ie te le promets.

CRISANTE.

Va donc me la querir, & croy que sa presence
Est vtile en ce lieu, bien plus que l'on ne pense.

TERSANDRE.

I'y vay donc de ce pas.

LEANDRE.

Monsieur, vous permettrez
Que i'aille auec vous.

TERSANDRE.

Tout ce que vous voudrez.

SCENE VII.

ADRASTE, LVCIDOR, ARISTE,

FILANDRE, FLORANTE.

ADRASTE.

Nous la retrouuerons, n'en soyez point en peine.

LVCIDOR.

Adraste, cependant, mon cœur est à la gesne,
Ie brusle de desir de m'en voir esclaircy.

FILANDRE.

Consolez-vous, Monsieur, sans doute la voici. Florante
C'est elle-mesme. vient.

LVCIDOR.

O Dieux! peut-elle estre viuante?
C'est à ce que ie voy l'esclaue de Crisante
Que i'ay si mal traitée, ô miserable Amant!
Que deuiendray-je? ô Dieux !

ADRASTE.

Miserable, comment ?
Q ij

Mais au contraire heureux.

LVCIDOR.

     Ie suis plus froid que glace :
Elle me veut parler, escoutons-la de grace.

FLORANTE.

Escoute, Lucidor, vne mourante voix
Qui te parle auiourd'huy pour la derniere fois,
Quoy que ce soit en vain.

LVCIDOR.

    Ah! ma chere Maistresse,
Ne dy rien, ie sçay tout, pardonne à ma foiblesse,
Si tu sçais les suiets qui m'ont embarassé,
Tu dois bien excuser tout ce qui s'est passé.
Souffre que ie t'embrasse, & permets que ie noye
Tous mes regrets passez dans ces larmes de ioye.
Pardonne moy mon cœur.

SCENE VIII & derniere.

TERSANDRE, FLORANTE, LVCIDOR, LEANDRE, FABRICE, FILANDRE, ADRASTE, ARISTE.

TERSANDRE à Florante.

I Nfame que fais-tu ?
Pratique-t'on ici les actes de vertu,
Dont tu parlois tantost par cette effronterie ?

FLORANTE à Lucidor.

Ne m'abandonne pas, Lucidor, ie te prie.

LVCIDOR.

Ie periray plutoft.

TERSANDRE.

Ce muguet que ie croy
Pour eftre mieux frisé te plaira plus que moy ?
Va, nous terminerons au logis cette affaire,
Tu verras.

LVCIDOR.

Ne crains rien, mon cœur, laiſſe-moy faire.

TERSANDRE.

Mais vous qui vous oblige à tant de priuauté,
Ne vous ſuffit-il point d'auoir ſollicité
Ma femme ſi long-temps d'vne amour impudente,
Sans luy vouloir encor débaucher ſa ſeruante?

LVCIDOR.

Tu pourrois m'accuſer de cette laſcheté,
Si dans cette action, ie t'auois imité,
Traiſtre, ſi comme toy i'auois bruſlé d'enuie
De luy voler l'honneur, qui vaut plus que la vie.

LEANDRE.

Deuant moy Lucidor?

LVCIDOR.

        Oüy, ie veux auiourd'huy
Me vanger puiſſamment, & de vous & de luy,
Vous qui ſçauez ourdir vne ſi belle ruſe,
Vous ſongerez en vain pour trouuer vne excuſe,
Malgré vous, & tous ceux qui s'en voudront meſler,
Ie veux r'auoir vn bien que l'on me veut voler,
Cette fille qu'on m'a laſchement vſurpée.

LEANDRE l'espée à la main.

Pour moy ie ne responds qu'auec cette espée;
Ie suis homme d'honneur, & vous le maintiendray.

LVCIDOR l'espée à la main.

Ie vous feray bien voir traistre, qu'il n'est pas vray.

FLORANTE au col de Lucidor le retenant.

A l'ayde mes Amis, mon cœur ie te supplie
D'auoir pitié de moy.

FILANDRE retenant Leandre.

Adraste,
Ariste &
Fabrice
aussi l'es-
pée à la
main.

          Bon Dieu! quelle folie?
Toubeau, toubeau, Messieurs, quel desordre est-ce cy?
Quoy? faut-il sans sujet se quereller ainsi?
Laissons de grace à part la fourbe de Iancole,
Ce n'est qu'vn passe-temps, qu'vne chose friuole,
Pour l'esclaue taschons de vous accommoder,
L'affaire est tres-aisee, il vous faut accorder :
Dites donc vos raisons, sans vous mettre en colere.

LVCIDOR.

Par quels moyens, dy-moy, me peut-il satisfaire?
Sois-en iuge toy-mesme, auec quelle raison
Pourroit-il maintenir l'insigne trahison
Faite sans nul respect à cette Damoiselle ?
Elle l'est en effect, & non point infidelle.

TERSANDRE.

I'en puis eſtant à moy faire ce qui me plaiſt.
Mais pour vous, qui vous meut ? quel eſt voſtre intereſt?

LVCIDOR.

C'eſt ma femme , iugez ſi la choſe me touche.

TERSANDRE.

Voſtre femme ? comment ?

FILANDRE

     Si iamais de ma bouche
Terſandre, vous auez appris la verité,
Croyez-moy cette fois, cette ieune beauté
Qui ſe nomme Florante, & que chacun déguiſe
Comme elle a deſiré, du ſurnom de Dorize,
Eſt & noble, & Chreſtienne, & me croyez encor
Qu'elle eſt depuis dix mois promiſe à Lucidor,
Qui luy donna ſa foy dedans Alexandrie,
Il n'eſt rien de plus vray.

TERSANDRE.

     Dites-moy ie vous peie,
Son pere auoit-il pas nom Guſtaue ?

LVCIDOR.

       Pourquoy ?
        Guſtaue

Guſtaue eſtoit ſon nom.

TERSANDRE.

Heureux, & vous, & moy,
Et Guſtaue cent fois, beniſſez la querelle
Qui fait que vous ſçaurez cette heureuſe nouuelle.

LEANDRE.

Voyez comme ſouuent d'vn grand deſordre naiſt
Vne grande vnion.

LVCIDOR.

Parlez donc, s'il vous plaiſt,
Faites-là moy ſçauoir, car i'en bruſle d'enuie.

TERSANDRE.

Ie ſuis à ce Guſtaue obligé de la vie,
Luy-meſme me ſauua de la mer demy mort,
Quand flotant ſur vn ais ie m'en venois à bord.
Non content de m'auoir obligé de la vie
Il me voulut mener dedans Alexandrie,
Et fit tout ce qu'il pût pour me rendre content.
Me voyant bien remis, il me dit en partant,
Ayant la larme à l'œil, qu'il auoit vne fille
Portant ce meſme nom, l'honneur de ſa famille,
Dont vn fameux Pirate auoit fait ſon butin,
Et que voulant ſçauoir quel ſeroit ſon deſtin,
Il auoit conſulté certain deuot Hermite

Qui proche de la mer sur vne roche habite,
Duquel il auoit sceu qu'en pleine liberté
Il la retrouueroit dedans la Chrestienté,
Dans les plus grands honneurs, mesme dans l'opulence,
Si prenant le Baptesme il quittoit sa croyance,
Et que pour ce subiet il s'estoit fait Chrestien.

FLORANTE.

Dieux que me dites-vous ? puis-je croire vn tel bien ?
Mon pere baptisé, veillay-je ou si ie resue ?

TERSANDRE.

Ne m'interrompez point, attendez que i'acheue,
Vous serez plus contents à la fin du discours.
Et que pour ce subiet il faisoit tous les iours
Mille vœux dans le Ciel, afin que son seruice
Le peust quelque iour rendre à ses vœux plus propice.
Qu'il donnoit par aumosne aux pauures force biens,
Et sur tous estoit bon aux pelerins Chrestiens.
Non content de m'auoir deliuré du naufrage
Sur l'heure il me donna pour faire mon voyage,
Et pour me reuestir, deux cens escus en or :
Disant qu'il souhaitoit qu'vn certain Lucidor,
Contarin de surnom, des nobles de Venise,
S'il pouuoit disposer encor de sa franchise,
Eust sa fille pour femme, & sans reseruer rien,
Qu'à l'heure il le rendroit possesseur de son bien.
Qu'il passeroit sans peine, & sans melancolie

Le reste de ses iours chez eux en Italie.
Estant donc de Venise, issu de tels parens,
Voyez quelle nouuelle ici ie vous apprens.

LVCIDOR.

Ie suis si fort surpris, & si confus, Tersandre,
Que ie n'ay point assez de grace à vous rendre,
Puis que vous nous auez obligez à ce poinct,
Faites qu'à tant de grace vn autre bien soit ioint.
Ne me refusez pas, encor que ma Maistresse
M'ait fait dans son pays solennelle promesse,
Auec mille sermens d'estre à iamais à moy,
Ie sçay trop le respect qu'en cela ie vous doy,
Qu'il vous plaise en faueur de ce vieillard & d'elle,
Par grace de nouueau l'accorder à mon zele.

TERSANDRE.

Ie le veux, i'y consens, allons, entrons chez nous,
Ie veux que dans ce iour vous soyez son espoux.
La maison est à vous, & cesse d'estre mienne,
Vous n'en sortirez point que Gustaue ne vienne,
Ie m'en vay le mander.

LVCIDOR.

Vous me rendez confus.
En ce cas ie l'accepte, & ne conteste plus.

TERSANDRE à Florante.

Vous, Madame, excusez les ardeurs d'vne flame
Que vos beaux yeux auoient allumé dans mon ame,
Et si pour posseder vn tresor si parfait
Ie vous ay mal-traitee, ainsi comme i'ay fait.
Ie m'en repends, Madame, implorant voftre grace.

FLORANTE.

Ce que vous me donnez, tous vos crimes efface.

ADRASTE.

Cet accident m'eftonne, & crois en verité
Qu'il furprendroit bien moins s'il eftoit inuenté,
Et pour ce carnaual, ce feroit, quoy qu'on die,
Vn excellent fuiet pour vne Comedie.
Qu'on en feroit rauy, ie voudrois de bon cœur
Sçauoir faire des vers pour en eftre l'Autheur :
Perfonne ne croiroit qu'il fuft vray, car leurs fables
Paroiffent fans mentir encor plus vray-femblables.

TERSANDRE.

Leandre obligez-nous.

LEANDRE.

Quoy i'en ferois auffi ?

TERSANDRE.

Ne me repliquez point, vous fouperez ici
Que fert chez fes amis tant de ceremonie

LEANDRE.

Entrons, ie ne veux pas troubler la compagnie.

Fin de la Tragicomedie des Morts viuans.